한림신서 일본현대문학대표작선 ㊳

바람 불다

KAZE TACHINU, MUGIWARA BOSHI
by HORI Tatsuo
Originally published in Japan
This Korean language edition published in 2009
by Institute of Japanese Studies,
Hallym University, Chuncheon

한림신서 일본현대문학대표작선

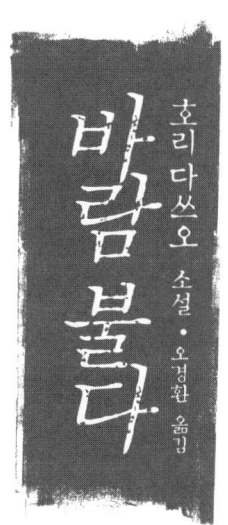
호리 다쓰오 소설·오경환 옮김
바람 붐다

小花

한림신서 일본현대문학대표작선 38
바람 불다

초판 1쇄 발행 ▪ 2009년 2월 27일

지 은 이 ▪ 호리 다쓰오
옮 긴 이 ▪ 오경환

발 행 인 ▪ 한림대학교 일본학연구소
발 행 처 ▪ 도서출판 소화
등   록 ▪ 제13-412호
주   소 ▪ 서울시 영등포구 영등포동 7가 94-97
전   화 ▪ 2677-5890(대표)
팩   스 ▪ 2636-6393
홈페이지 ▪ www.sowha.com

ISBN 978-89-8410-348-1   04830
ISBN 978-89-8410-108-1(세트)

잘못된 책은 언제나 바꾸어 드립니다.

값 6,800원

차례

바람 불다 · 7

바람 불다 · 9
서곡 · 9, 봄 · 16, 바람 불다 · 31

겨울 · 74
죽음의 계곡 아래에서 · 100

밀짚모자 · 123

작가 연보 · 160
옮긴이의 말 · 163

1. 이 책의 번역 텍스트는 『호리 다쓰오 전집(堀辰雄全集)』 제1권(1954, 新潮社)을 사용하였다.
2. 이 책에는 「바람불다(風立ちぬ)」와 「밀짚모자(麥藁帽子)」 두 편을 수록하였다.
3. 표지에 사용한 이미지는 에곤 실레의 「죽음과 소녀」(1915, 150×180cm, 캔버스에 유채)이다.

바람 불다

바람 불다

바람이 분다. 이제 살아 보아야 하지 않겠는가.
―폴 발레리

서곡

나의 기억 속에 담긴 그 여름의 나날들, 갈대가 끝없이 펼쳐진 들판 위에서 너는 선 채로 그림에 열중하고 있었고, 나는 나대로 근방의 자작나무 그늘 아래 몸을 누이곤 했었지. 어느덧 저녁 무렵이 되어 네가 그리던 그림을 접고 내 곁에 오면 우리는 서로 어깨에 손을 얹고, 피어오르는 뭉게구름이 가장자리를 노을빛으로 물들이며 지평선을 뒤덮는 모습을 바라보곤 했었다. 막 해가 지려고 하는 그 지평선은, 나에게는 마치 어떤 새로운 생명체를 탄생시키려 하는 곳 같았다.…

그러던 어느 날 오후였다. (계절은 벌써 여름이 끝나 가고 있었다.) 우리는 네가 그리던 그림을 이젤 위에 세워 둔 채, 그 자작나무 그늘 아래 누워 과일을 베어 먹고 있었다. 모래알같이 가벼운 구름이 경쾌히 하늘을 날고 있었다. 그때, 돌연 어디선가 바람이 일었다. 우리들 머리 위로는 나뭇잎 사이로 살짝 드러난 하늘빛이 바람결에 흔들리고 있었다. 그때, 풀밭 사이로 무언가 털썩 주저앉는 소리가 들렸다. 그것은 우리가 두고 온 그림이 이젤과 같이 넘어지는 소리였다. 얼른 일어나 그쪽으로 가려는 너를 나는 못 가게 했다. 지금의 한순간이라도 놓치기 싫은 마음으로 그리한 것이다. 너는 순순히 내 마음을 따라 주었다.

바람이 분다. 이제 살아 보아야 하지 않겠는가.

문득 입속을 맴돌던 시의 한 구절을 나는 내 몸에 기댄 너의 어깨에 손을 얹고는 몇 번이고 되뇌고 있었다. 너는 간신히 내게서 몸을 일으키고는 풀밭을 향했다. 아직 마르지 않아 물기를 머금고 있던 캔버스 위에 풀잎이 여기저기 어지럽게 붙어 있었다. 캔버스를 다시 이젤 위에 세우고 팔레트 나이프로 어렵게 풀잎을 떼어 내면서 너는 말했지.

"이런 모습을 아버지가 보시지 않는 게 정말 다행이에요…."

그리고 내 쪽을 향하고는 뭔가 알 수 없는 미소를 지어 보였지.

"2, 3일만 지나면 아버지가 오실 거예요."

어느 날 아침, 우리가 숲 속을 거닐고 있을 때 너는 갑자기 그런 말을 했지. 나는 그 말을 듣고 마음이 좋지 않아 그냥 잠자코 있었다. 그러자 너는 그런 나를 바라보며 조금 굳은 목소리로 다시 말문을 열었다.

"그러면 이런 산책도 못 하게 되겠지요."

"마음만 있으면 산책 정도는 얼마든지 할 수 있지."

나는 여전히 불만스러운 내 표정 너머로 조금은 걱정스러운 너의 시선이 스치는 것을 느끼고 있었다. 하지만 겉으로는 우리 머리 위에 있는 나뭇가지가 바람에 흔들려 서로 부딪치는 소리에 마음을 빼앗기고 있는 듯이 보이려 애를 썼다.

"아버지는 웬만해선 나를 놓아 주지 않으실 거예요."

나는 마침내 초조한 마음을 감출 수 없었다. 그래서 너를 쳐다보며 말했다.

"그렇다면 우리는 곧 헤어져야겠군."

"다른 방도가 없을 것 같아요."

너는 그렇게 말하고는 체념한 듯이 애써 미소를 보이려 했지. 아아! 그때의 너의 얼굴, 너의 입술은 얼마나 창백했던가!

'무엇이 너를 이렇게까지 바꾸어 놓았을까? 나에게 모든 것을 맡기고 평안했던 너는 어디로 간 것인가?' 나는 이런 생각을 되새기며 너를 앞세우고 걸었다. 좁은 산길은 듬성듬성 나무 뿌리가 땅 위를 기고 있어 걷기에 조금 불편했다. 우리가 걷던 곳은 깊은 산중이어서 공기는 꽤나 차가웠다. 곳곳에서 작은 습지가 나타나곤 했다. 갑자기 내 머릿속에 다음과 같은 생각이 떠올랐다. 너는 이번 여름에 이곳에서 우연히 만난 나에게조차 순종적이었다. 그렇다면 당연히 너의 아버지나, 그 외에도 너를 지배하는 모두에게 순순히 너를 내어 줄 수밖에 없지 않겠는가. '세쓰코! 네가 그런 사람이라면, 나는 너를 더욱 사랑하게 될 거야. 내 생활이 확실한 활로를 보이게 되면, 무슨 일이 있어도 너를 아내로 맞이하러 갈 테니, 그때까지만 지금 모습 그대로 아버지 곁에 있어 줬으면 해⋯.' 나는 이런 생각을 마음속으로 되뇌며, 마치 너의 동의를 얻어 내려는 듯 불현듯 네 손을 잡았다. 너는 잠자코 있었다. 우리는 그렇게 손을 잡은 채로 어떤 작은 연못 앞에서 발걸음을 멈추고 말없이 그곳을 바라보았다. 연못은 우리 발아래서 깊은 바닥을 보이고 있었다. 햇살이 수많은 가지로 엉킨 관목 틈 사이를 겨우 빠져나와, 연못 깊은 곳에서 자라는 양치류 위를 군데군데 비추고 있었다. 가지 사이를 비추는 햇살이 그곳에 다다를 무렵 약한 바람을 받아 살랑살랑 움직이는 것을 우리는 아련한 마음으로 보고 있었다.

그 일이 있고 이틀 정도 지난 어느 날 저녁, 나는 식당에서 네가 너의 아버지와 식사하는 모습을 보았다. 그리고 나를 향한 너의 뒷모습에서 편치 않은 너의 마음을 읽었다. 아버지가 옆에 있다는 사실 때문에 네가 거의 무의식적으로 보이는 분위기나 몸가짐이 한 번도 만난 적이 없는 젊은 여인으로 너를 느끼게 했다.

'설사 내가 이름을 부른다 해도 세쓰코는 태연히 모르는 척하며 이쪽을 쳐다보지도 않겠지….'

그날 밤 나는 혼자서 내키지 않는 산책을 하고 돌아온 후, 다시 아무도 없는 호텔 정원을 이리저리 거닐고 있었다. 산나리 향기가 났다. 나는 호텔 객실의 창문 두세 개 정도가 아직 불을 밝히고 있는 것을 멍하니 바라보고 있었다. 그 사이에 옅은 안개가 주위를 감싸는 듯했다. 그 안개를 무서워하기라도 하는 것처럼, 창문을 비추던 빛은 하나 둘 꺼지기 시작했다. 그리고 마침내 호텔 전체가 어둠에 휩싸였을 때, 가벼운 소리가 나더니 창문 하나가 천천히 열리는 것이었다. 그리고 장밋빛 파자마를 입은 젊은 여인이 창문 틀에 기대어 섰다. 그것은 다름 아닌 너의 모습이었다. …

너와 너의 아버지가 떠난 후로 하루도 빠지지 않고 나의 가슴을 채웠던 슬픔과도 같은 행복의 분위기를 나는 아직도 생생히 기억해 낼 수 있다.

나는 하루 종일 호텔을 떠나지 않았다. 그리고 오랫동안 너 때문에 그만둔 일을 다시 시작했다. 조용히 그 일에만 몰두할 수 있으리라고는 스스로도 상상하지 못했다. 그리고 곧 계절이 바뀌었다. 그리고 내일이면 나도 떠나야 하는 날, 나는 실로 오랜만에 호텔을 나와 산책을 해 보기로 했다.

가을의 숲은 몰라볼 정도로 어수선했다. 잎이 거의 떨어진 나무 사이로 인기척이 끊긴 별장의 테라스가 아주 가깝게 보였다. 곰팡이류가 내뿜는 축축한 냄새가 낙엽 냄새와 뒤엉켜 있었다. 생각지도 못한 계절의 변화가 너와 헤어진 뒤 나도 모르는 사이에 지나간 시간을 낯설게 만들고 있었다. 아마도 내 마음 어느 깊은 곳에 너와의 헤어짐이 일시

적일 것이라는 확신 같은 것이 있지 않았을까. …그 때문에 그러한 시간의 추이까지도 내게는 전혀 새로운 의미로 다가왔는지 모르겠다. 생각은 잠시 허공을 맴돌았지만, 그러한 사실을 깨닫기까지는 시간은 그리 오래 걸리지 않았다.

그리고 10분쯤 지났을 때, 나는 숲이 끝나고 갑자기 시야가 확 트이면서 저 멀리 지평선 일대까지도 바라볼 수 있는 억새풀밭 안으로 들어와 있었다. 나는 바로 옆에 단풍이 들기 시작한 한 그루의 자작나무 그늘에 몸을 뉘였다. 그곳은 여름 내내 네가 그림 그리는 모습을 보면서 누워 있던 자리였다. 그때는 거의 언제나 뭉게구름에 가려져 있던 지평선 근처에, 지금은 흰 억새풀 위로 어디인지 가늠할 수도 없이 멀리 보이는 산맥까지 그 윤곽을 드러내고 있었다.

나는 멀리 보이는 그 산맥의 모습을 하나하나 기억할 수 있을 만큼 뚫어지게 쳐다보았다. 그리고 자연이 나를 위해서 나의 존재 깊은 곳에 감추어 둔 것을 바로 지금 찾아내었다는 확신이 나를 조금씩 사로잡고 있다는 사실을 깨닫기 시작했다.

봄

 3월의 어느 날 오후였다. 나는 가벼운 마음으로 산책길에 잠시 들러 보듯이 세쓰코의 집을 방문하였다. 대문을 들어서자 바로 옆에 있는 정원의 수풀 속에서 세쓰코의 아버지가 노동자들이 일할 때 쓰는 커다란 밀짚모자를 쓰고, 한 손에 가위를 들고는 근방에 있는 나무를 손보고 있었다. 나는 마치 어린아이처럼 나뭇가지를 헤치면서 그의 곁에 다가가 두세 마디 인사말을 건넨 뒤에, 그가 하는 일을 신기한 듯 쳐다보고 있었다. 그렇게 나무들에게 푹 둘러싸인 곳에서 주위를 살펴보니 여기저기 작은 나뭇가지 위에 무언가 흰빛으로 아롱거리는 것이 눈에 들어왔다. 그것은 모두가 꽃망울이었다. …

 "저 아이도 요즘은 그런대로 몸이 회복된 것 같기는 한데…." 그는 돌연 나를 향하며 그즈음 나와 약혼한 세쓰코 이야기를 꺼냈다.

 "날씨가 좀 더 따뜻해지면 어디 요양이라도 보내는 게 어떨까 해."

 "그것도 나쁘지는 않을 것 같습니다만…."

 나는 그런 말을 입속에서 중얼거리며 아까부터 눈앞에서 영롱한 빛을 발하는 꽃망울에 관심을 두는 듯한 표정을 지었다.

"어디 좋은 데가 있는지 찾고 있는 중이네만…" 하며 그는 혼잣말처럼 말을 이었다. "세쓰코는 F요양원이 어떻겠냐고 하는데, 자네가 그곳 원장선생님과 아는 사이라던데 사실인가?"

"네." 나는 조금 건성으로 대답하면서 아까부터 보아 두었던 흰 꽃망울을 살그머니 내 앞으로 잡아당겼다.

"그런데 그곳에 그 아이 혼자서 가 있을 수 있을까?"

"대개들 혼자 있는 것으로 알고 있습니다만…."

"하지만 그 아이에게는 좀 무리가 아닌가 해서…."

그는 무언가 결심이 서지 않는다는 표정을 지어 보이고는 나에게서 고개를 돌렸다. 그리고 바로 눈앞에 있는 나뭇가지에 가위질을 하기 시작했다. 그 광경을 보고 있으려니, 나는 결국 내가 말해 주기를 기다리던 그 말을 그에게 말하지 않을 수 없었다.

"괜찮으시다면 제가 같이 가면 어떨까요? 지금 하고 있는 일도 출발할 때까지는 마칠 수 있을 것 같습니다."

나는 그렇게 말하고는, 아까 겨우 손에 넣은 꽃망울이 달린 나뭇가지를 가만히 놓아 주었다. 내 말에 그의 표정이 밝아졌다.

"그래 준다면 정말 고맙지. 자네에겐 미안하지만….'"

"저도 그 편이 좋을 것 같습니다. 오히려 조용한 산속에서 일을 하는 게 나을 것 같아서요."

그리고 우리는 그 요양원이 위치한 산악지방에 대해 이야기했다. 하지만 어느 순간부터인가 우리의 대화는 그가 손보고 있던 나무 이야기로 옮겨 가 있었다. 두 사람이 한마음이라는 생각이 그런 평범한 대화 내용에 활기를 불어넣는 듯했다.…

"세쓰코는 일어났을까요?" 조금 뒤에 아무렇지도 않은 투로 나는 물어보았다.

"아마 그럴 거야. … 괜찮으니 이쪽으로 들어가 보게나…." 그는 가위를 든 손으로 정원으로 드나드는 쪽문을 가리켰다. 나는 천천히 나무들을 빠져나와서, 담쟁이덩굴이 얽혀 있는 쪽문을 밀치고 지금은 병실이지만 아프기 전까지는 아틀리에로 쓰던 별채 쪽으로 갔다.

세쓰코는 내가 와 있다는 사실을 이미 알고 있었다. 하지만 내가 정원을 통해서 들어오리라고는 생각지 못한 탓인지 잠옷 위에 밝은 색의 하오리[1]를 걸치고, 소파에 누운 채

---

[1] 일본의 전통 복장으로 기모노 위에 걸쳐 입는 길이가 짧은 겉옷.—역자주

가느다란 리본이 달린 처음 보는 여성용 모자를 장난감처럼 만지작거리고 있었다.

내가 프렌치 도어 너머로 그러한 그녀의 모습을 보면서 다가가자 그녀도 나를 알아보았다. 그녀는 무의식적으로 일어서려는 포즈를 취했다. 하지만 다시 누워서는 얼굴을 나에게 향한 채 조금은 수줍은 미소로 나를 바라보았다.

"일어난 건가?" 나는 출입문에서 구두를 조금 거칠게 벗으며 말했다.

"잠시 일어나 앉아 보았는데 금방 피곤해졌어요."

그렇게 말하며 그녀는 아무래도 피곤한 듯이, 힘없이 손으로 만지작거리던 모자를 바로 옆에 놓여 있는 경대를 향해 아무렇게나 던졌다. 나는 그 모자 쪽으로 가서 거의 내 얼굴이 그녀의 발끝에 닿을 정도로 몸을 숙여 주워 들었다. 그리고 이번에는 내가 아까 그녀가 하던 것처럼 모자를 만지작거렸다.

그러고 나서야 나는 겨우 그녀에게 물을 수 있었다. "이 모자는 왜 여기 나와 있는 거지?"

"언제 쓰게 될지도 모르는 모자를 어제 사 오셨어요. 우리 아버지 하시는 일이 조금 우습지 않아요?"

"이 모자를 아버님이 고르셨다고? 정말 좋은 아버지를

바람 불다

두었군. …어디 보자. 좀 써 보지 그래"라고 말하며 내가 장난치듯이 그녀에게 씌우려 하자,

"하지 마세요…."

그녀는 그렇게 말하고 나의 동작을 뿌리치듯이 몸을 반쯤 일으켜 세웠다. 그리고 미안한 듯 힘없는 미소를 지으며, 문득 생각이 난 것처럼 조금 여윈 손가락으로 엉킨 머리카락을 쓸어내리는 것이었다. 거의 무의식에 가까운 자연스러운 젊은 여인의 손놀림은 마치 애무라도 하는 것 같은 관능적인 매력이 있어, 나는 거의 숨이 막힐 지경이었다. 나는 나도 모르게 그 모습에서 눈을 돌리고 말았다. …

나는 곧 그때까지 손에 들고 있던 그녀의 모자를 옆에 있는 경대 위에 가만히 얹어 놓고는 문득 무슨 생각에라도 잠긴 듯이 아무런 말을 하지 않았다. 그리고 그녀의 시선을 계속 피하고 있었다.

"화났어요?"라고 그녀는 돌연 나를 올려다보며 걱정스러운 말투로 물었다.

"아니야." 나는 그제야 그녀를 향해 눈을 돌리며 아무 맥락 없는 말을 꺼냈다.

"아까 아버님이 하신 말씀인데, 정말 요양원에 갈 생각인가?"

"그럴까 해요. 여기 이렇게 있다고 언제 좋아질지도 모르잖아요? 낫기만 한다면 어디라도 상관은 없을 것 같아요. 다만…."

"왜 그래? 무슨 말을 하려던 거지?"

"별것 아니에요."

"별것 아니라도 좋으니 내게 말해 봐. …말 안한다면 내가 한번 맞춰 볼까? 세쓰코, 나더러 같이 가달라는 것 아니야?"

"그런 게 아니에요"라고 그녀는 황급히 내 말을 막았다.

그러나 나는 상관하지 않고 처음 말을 시작했을 때와는 다른, 진지하지만 조금은 불안 섞인 말투로 이야기를 계속했다. "…아니, 세쓰코가 오지 말라고 해도 나는 꼭 같이 갈 거야. 다만 내게 어떤 생각이 떠오르는데, 그게 조금 마음에 걸리는군. …나는 세쓰코와 이렇게 가까워지기 전부터 어디 조용한 산속에서 세쓰코 같은 아름다운 여인과 나누는 둘만의 생활을 꿈꾼 적이 있어. 그 꿈에 대해서 내가 얘기했었지? 산장 이야기를 했었잖아? 그런 산속에서 우리가 살 수 있을까?라며. 그때 세쓰코는 순진하게 웃고 말았지만, …실은 이번에 세쓰코가 요양원에 가겠다고 한 것도 그 기억이 알게 모르게 작용한 게 아닌가 하는 생각이 들었어. …

아닌가?"

그녀는 애써 웃으며 잠자코 내 말을 듣고는, "그런 기억은 안 나는 걸요"라고 분명히 말했다. 그리고 반대로 내 마음을 어루만지는 듯한 깊은 눈길로 나를 보고 있었다. 그리고는, "당신은 가끔 엉뚱한 생각을 하는 것 같아요…"라고 말했다.

몇 분 뒤 우리는 마치 아무 일도 없었던 것처럼 프렌치 도어 너머의 풍경을 놓칠세라 나란히 바라보고 있었다. 그곳에는 제법 자란 푸른 잔디 위 여기저기에서 아지랑이가 피어오르고 있었다.

***

4월이 지나면서 세쓰코는 조금씩 회복기에 접어드는 듯했다. 그리고 그 회복이 더디면 더딜수록 회복을 향한 답답한 한 걸음 한 걸음이 오히려 어떤 확실함으로 다가와, 우리에게는 더할 나위 없이 믿음직스럽게 느껴지기까지 했다.

그러던 어느 날 오후였다. 내가 세쓰코의 집에 도착하니 마침 그녀의 아버지는 외출중이었고, 세쓰코는 혼자 병실을 지키고 있었다. 몹시 기분이 좋아 보였고, 언제나 입고 있던 파자마가 아닌, 좀처럼 보기 힘든 푸른빛 블라우스 차림이었다. 나는 그런 그녀를 보자 억지로라도 정원으로 데려가고 싶어졌다. 바람이 조금 불었지만 몸을 스치는 부드러운 바람결이 싫지 않았다. 그녀는 바깥바람을 쐬는 것이 어쩐지 내키지 않는 것 같았으나, 이내 웃으면서 나를 따라 나섰다. 내 어깨에 손을 얹고는 프렌치 도어를 지나 힘없는 걸음걸이로 조심스럽게 잔디밭을 향해 나아갔다. 산울타리 옆으로 자라나 있는 다양한 외국 수종은 무성한 가지들을 서로 엉켜 가며 뻗치고 있었다. 그 길을 따라 정원의 수풀 쪽으로 다가가니, 나뭇가지 위에서는 흰색이며 노랑이며 연보랏빛 꽃망울들이 금방이라도 터질 듯하였다.

나는 어떤 나무 앞에서 걸음을 멈추고 작년에 그녀가 말한 기억을 떠올리면서 그녀에게 물었다.

"이게 라일락이었지?"

"아무래도 라일락이 아닌 것 같아요"라고 그녀는 내 어깨에 손을 얹은 채 조금 미안하다는 투로 대답했다.

"음…그런가? 그렇다면 지금까지 나에게 잘못 이야기해 준 건가?"

"일부러 그런 건 아니에요. 어떤 사람이 라일락이라고 하면서 준 건데, 꽃이 그다지 예쁘지 않은 것을 보면…."

"그러면 안 되지. 막 꽃이 필 무렵이 되어서야 바른말을 하다니, 그렇다면 저 나무도…?"

나는 옆에 있는 나무를 가리키며, "저 나무 이름은 뭐라고 했지?"

"금작화?"라고 그녀는 말을 받았다. 우리는 이번에는 그 나무 앞에 멈춰 섰다. "이건 진짜예요. 보세요, 노란 꽃망울하고 흰 꽃망울 두 종류가 보이죠? 이쪽에 있는 흰 꽃망울이 희귀종이라면서… 아버지가 자랑하셨어요…."

그런 가벼운 이야기를 주고받으면서도 세쓰코는 내내 나의 어깨에서 손을 떼지 않았다. 그리고 몽롱한 표정으로 나에게 기대어 있었다. 그리고는 우리는 내내 말이 없었다. 그렇게 말없는 것이 꽃내음 나는 이 인생을 조금이라도 더 우리 곁에 둘 수 있다고 느낀 탓일까? 간간히 산울타리 사이에서 부드러운 바람이 참고 있던 숨결처럼 우리 쪽으로 불어왔다. 바람은 나뭇잎을 살랑 들어 올리고는 말없이 앉아 있는 우리만 남겨 두고 그대로 지나쳐 갔다.

갑자기 그녀가 내 어깨 위에 있던 손으로 자기 얼굴을 감쌌다. 나는 그녀의 심장이 여느 때보다 더욱 세게 고동치는 소리를 들었다.

"많이 피곤해?" 나는 부드러운 목소리로 물었다.

"아니에요"라고 그녀는 작게 대답했지만, 나는 그녀의 체중을 내 어깨 위에 가볍게 느낄 수 있었다.
"이렇게 몸이 약해서, 당신에게 미안해서…."
그녀의 그런 속삭임을 내가 정말 들은 것인지, 아니면 내가 그런 생각을 한 것뿐인지 알 수 없을 정도였다.
'그렇게 병약한 너의 모습이 건강한 너의 모습보다 더더욱 사랑스럽다는 것을 왜 몰라주지….' 나는 답답한 마음에 그런 생각을 혼자 되새기며 겉으로는 아무 말도 듣지 못했다는 투로 그 자리에서 움직이지 않았다. 그녀는 돌연 내게서 떨어지면서 얼굴을 뒤로 젖히고는, 내 어깨에 얹고 있던 손을 떼었다.
"요즘 왜 이렇게 마음이 약해졌는지 모르겠어요. 전에는 아무리 병이 악화되어도 끄떡없었는데…." 그녀는 혼잣말을 하듯이 작은 목소리로 말했다. 침묵이 그 말의 여운 속으로 잠겨 들어갔다. 그녀는 곧 얼굴을 들고 나를 조용히 응시하더니 다시 고개를 숙이고는 약간 강한 어조로 말하였다.
"아무래도 내가 살고 싶어진 것 같아요…."
그리고 겨우 들릴까 말까 하는 작은 목소리로 말했다.
"당신이 이유인 것 같아요…."

***

바람이 분다. 이제 살아 보아야 하지 않겠는가.

 이 말은 우리가 처음 만나기 2년 전 여름에 우연히 내 입가를 맴돌던 시의 한 구절이다. 나는 이 시가 좋아서 그 후에도 종종 중얼거리곤 했다. 그 후 오랫동안 잊혀졌던 이 시가 불현듯 우리 안에 소생이라도 한 듯했다. 그때 우리는 가슴 저미도록 행복한 나날을 보내고 있었다. 그 행복은 우리 인생보다 먼저 이 세상에 나와 우리 인생보다 더욱 생명력에 가득 차 있었다.

 우리는 그달 말에 야쓰가타케(八ヶ岳) 산록에 자리 잡은 요양원에 들어가기 위한 준비를 시작했다. 나는 출발하기 전에 세쓰코가 진단을 받을 수 있도록, 조금 아는 사이인 요양원 원장이 상경하면 진단을 부탁해 볼 생각이었다.

 어느 날, 간신히 도쿄 교외에 있는 세쓰코의 집까지 그 원장을 오게 하는 데 성공했다. 원장은 진찰해 보고는, "크게 걱정하실 것은 없습니다. 한 1, 2년 산속에서 조용히 지내는 것이 좋을 것 같군요"라고 말했다. 나는 환자를 남기고 서둘러 돌아가는 원장을 역까지 배웅해 주었다. 나는 나만이라도 그녀의 정확한 상태를 알고 싶었다.

"아무래도 환자에게 직접 이야기할 수는 없는 노릇 아닌가."

원장은 그렇게 서두를 꺼내고는 심각한 표정으로 세쓰코의 상태에 대해 상당히 구체적인 부분까지 나에게 말해 주었다. 그리고 잠자코 자기의 말을 듣고 있는 나를 보더니, "자네도 안색이 좋지 않아. 하는 김에 자네 진찰도 했으면 좋았을 텐데"라고 말하며 측은한 표정으로 나를 보았다.

내가 역에서 집으로 돌아와 병실에 들어가자, 세쓰코의 아버지는 누워 있는 그녀 옆에 앉아서 요양원에 가는 날짜에 대해 의논하고 있었다. 나는 조금 어두운 표정을 지은 채 그 의논에 끼어들었다. 그녀의 아버지는 무슨 볼일이라도 생각난 듯 일어서면서, "아무래도 모르겠군. 이 정도 몸이 좋아진 상태라면 여름 동안만 가 있으면 될 것 같기도 한데…"라고 말하며 병실을 나갔다.

둘만 남자 우리는 그저 아무 말도 하지 않았다. 전형적인 봄날의 황혼 무렵이었다. 나는 아까부터 시작된 두통이 점점 심해졌다. 나는 그녀가 눈치 채지 못하게 조용히 일어서서 유리창 쪽으로 다가갔다. 그리고 한쪽 창문을 반쯤 열고 기대섰다. 나는 잠시 그대로 선 채로, 나 자신이 무슨 생각을 하고 있는지도 모르는 몽롱한 의식 속에서, 그 일대가 희미한 안개로 덮인 정원 쪽을 향하고 있었다. '향기가 좋군. 무슨 꽃일까?' 나는 그런 생각을 하면서 공허한 눈으로 그곳을 바라보고 있었다.

"왜 그러고 계세요?"

내 등 뒤로 환자가 내는 조금 거친 목소리가 들렸다. 그 목소리가 불현듯 지금까지 일종의 마비상태에 있던 나를 되돌려 놓았다. 나는 그녀에게 등을 돌린 채, 마치 다른 생각을 하고 있던 사람처럼 뜬금없이 말했다.

"세쓰코 생각도 하고, 요양원 생각도 했지. 우리가 그곳에서 보내야 할 날들에 대해서도 생각했어…." 나의 말은 중간 중간 끊겼다. 하지만 그런 말을 하고 있으려니, 나는 마치 내가 실제로 그런 생각을 하고 있었다는 착각에 빠져 들었다. 그리고 나는 다음과 같이 생각을 이어 가고 있었다. '요양원에 가게 되면 정말이지 많은 일을 겪게 되겠지. … 하지만 인생이란 세쓰코가 언제나 그랬듯이 무엇이든 흘러가는 대로 맡겨 두면 되는 거야. …그러면 우리가 인생에게 바라지도 않았던 것을 어쩌면 가지게 될지도 모르지….' 나는 마음속으로 이런 생각을 되뇌고 있었다. 그 생각들은 물론 확실한 의식이 아니었다. 나는 겉으로는 그와 반대로 주위에 대한 사소한 인상에 마음을 빼앗기고 있었다.…

 정원은 아직 밝은 편이었으나, 문득 돌아보니 방 안은 완전히 어두웠다.

 "불 켤까?" 나는 다시 마음을 다잡으며 말했다.

 "조금 이따 켰으면 해요…." 그렇게 답하는 그녀의 목소리는 아까보다 잘 나오지 않았다. 잠시 우리는 말없이 있었다.

 "좀 숨이 찬 것 같아요. 풀 냄새가 너무 강한 것 같아…."

 "그럼 방문을 닫을까?"

 나는 슬픈 말투로 답하며 방문 손잡이를 잡고 닫으려 했다.

 "저기 말이죠…." 이렇게 말하는 그녀의 목소리는 이제 남자도 여자도 아닌 거의 중성적인 음색이었다. "지금 울고 있었죠?"

 나는 놀란 표정으로 그녀를 바라보았다.

 "울다니, 무슨 말이야? …나를 잘 봐."

 그녀는 나를 향해 고개를 돌리려 하지 않았다. 어둠이 몰려와 확실하지는 않았지만 그녀는 무엇인가를 조용히 응시하는 것 같았다. 그러나 내가 걱정스럽게 바라보자 그냥 허공에 시선을 멈춘 채로 있었다.

"나도 알고 있어요. 아까 원장 선생님께서 무슨 말씀을 하셨는지…."

나는 곧 대답을 하려 하였으나 입에서는 아무 말도 나오지 않았다. 나는 소리 나지 않게 조용히 방문을 닫으면서 다시 한 번 석양이 내려앉은 정원을 바라보았다.

나는 곧 등 뒤에서 깊은 한숨소리를 들을 수 있었다.

"미안해요."

그녀는 이윽고 말을 꺼냈다. 그 목소리는 조금 떨리는 듯했으나 아까보다는 훨씬 침착했다.

"이런 말 마음에 두지 마세요. … 우리는 사는 데까지만 살면 되니까…."

내가 몸을 돌렸을 때, 눈가에 손가락을 대고 가만히 있는 그녀의 모습이 보였다.

***

4월 하순의 어느 흐린 날이었다. 역까지 그녀 아버지의 배웅을 받은 우리는 무슨 밀월여행이라도 떠나는 것처럼 기쁜 표정으로 산악지방으로 향하는 이등 열차에 몸을 실었다. 그는 애써 아무렇지도 않은 표정을 지었지만, 등을 약간 앞으로 구부린 모습이 마치 노인 같았다. 우리는 그런 그녀의 아버지를 남기고 떠난 것이다.

열차가 플랫폼을 빠져나오자 우리는 창문을 닫았다. 갑자기 쓸쓸해진 표정으로 이등 열차 한구석의 빈자리에 앉았다. 우리는 마치 서로 마음을 달래 주기나 하듯이 무릎을 마주 대고 있었다. …

바람 불다

우리가 탄 기차는 여러 번 산을 기어오르기도 하고 깊은 계곡을 따라 달리기도 하는가 하면, 갑자기 전망이 트이면서 포도밭이 내려다보이는 산기슭을 오랫동안 횡단하면서 산악지방을 향해 집요한 등반을 계속했다. 구름이 더욱 낮게 깔리더니, 지금까지 시야 전체를 가리던 검은 구름이 조금씩 갈라지면서 우리 바로 위를 뒤덮었다. 공기도 어쩐지 찹찹한 느낌이었다. 나는 옷깃을 여미고 피로의 기색이라기보다는 조금 흥분한 것 같은 세쓰코의 얼굴을 불안한 마음으로 바라보았다. 처음에 우리는 서로를 바라보면서 자주 미소 지었으나, 결국에는 불안을 감추지 못하고 서로에게서 시선을 떼었다. 그리고 그녀는 눈을 감았다.
 "조금 쌀쌀한 것 같지? 눈이라도 오려나?"
 "4월에 눈이 와요?"
 "응, 이 지역은 올 수도 있지."
 아직 오후 3시를 조금 지났을 뿐인데 완전히 어둠이 깔린 창밖을 우리는 바라보았다. 군데군데 보이는 검은색의 전나무를 제외하고는 산 전체가 온통 잎이 떨어진 낙엽송으로 뒤덮인 것을 보고 우리는 야쓰가타케를 지나고 있음을 알게 되었지만, 산은 그 형체를 알아보기 어려웠다. …
 기차는 산속에서나 볼 수 있는 창고와 다름없는 어느 자그마한 역에 멈추었다. 요양원의 제복을 입은 나이 든 직원이 역까지 우리를 마중 나와 있었다.
 역 앞에 세워 둔 작은 고물 자동차가 있는 곳까지 나는 세쓰코를 두 팔로 지탱하며 부축해 갔다. 내 팔 안에서 세쓰코가 조금 비틀거리는 것을 느꼈지만 나는 모르는 체했다.
 "많이 피곤해?"
 "그 정도는 아니에요."
 우리와 같이 기차를 내린 그 마을 사람 몇몇이 우리를 보고는 자기들끼리 귓속말을 주고받는 모습이 보였으나, 우리가 차에 올라타는 동안 그들은 다른 마을 사람들과 섞여 이

내 마을 쪽으로 사라져 갔다.

우리가 탄 자동차가 일렬로 늘어선 초라한 집들을 지나 마을을 빠져나오자, 밤이라서 잘 보이지 않는 야쓰가타케의 능선까지 끝없이 이어지는 울퉁불퉁한 비탈길이 시작되었다. 그 비탈길에 접어들자 무성한 잡목을 뒤로 한 붉은 지붕의 건물이 눈에 들어왔다.

"저기로군." 나는 자동차가 한쪽으로 기우는 것을 몸으로 느끼면서 중얼거렸다.

세쓰코는 고개를 들고 조금은 걱정스러운 눈으로 그 건물을 멍하니 쳐다볼 따름이었다.

요양원에 도착하자 우리는 건물 가장 안쪽에 있는 병동 2층 제1호실로 안내되었다. 방 바로 뒤쪽은 잡목이 무성한 숲이었다. 간단한 진찰 후 세쓰코는 곧 침대에 누워 안정을 취해야 했다. 리놀륨으로 바닥을 깐 그 병실 안에 있는 것이라고는 흰색으로 도색된 침대와 테이블, 의자, 그리고 방금 직원이 갖다 놓은 트렁크 몇 개뿐이었다. 직원이 나가자 나는 무엇을 해야 좋을지 몰랐다. 간병인을 위해 마련된 좁은 보조 병실에 들어갈 생각은 하지도 않고, 살풍경한 실내를 멍하니 쳐다보다가 나중에는 몇 번이고 하늘 쪽만 바라보고 있었다. 바람이 검은 구름을 무겁게 밀어내고 있었다. 병실 뒤쪽에 있는 숲에서는 바람이 지나는 날카로운 소리가 들렸다. 나는 쌀쌀한 공기를 느끼면서 발코니로 나가 보았다. 발코니에는 옆방과의 칸막이가 없었다. 그곳에 아무도 보이지 않기에 나는 실례인 줄 알면서도 병실 하나하나를 들여다보았다. 네 번째 병실 안에 환자 한 사람이 누워 있는 모습이 반쯤 열린 창문에서 보였기에 나는 황급히 발길을 돌렸다.

기다리던 램프 불이 들어오고 우리는 간호사가 가져온 식사를 사이에 두고 앉았다. 처음으로 단둘이 나누는 그 식사는 어쩐지 적막한 느낌이었다. 식사중에는 어두운 바깥 풍경을 내다볼 생각을 못했는데, 우리가 모르는 동안에 주위가 잠잠해진 것 같아 내다보니 그 사이 눈이 내리고 있었다.

나는 일어서서 반쯤 열린 창문을 조금 더 닫으며 입김 때문에 성에가 낄 정도로 오랫동안 눈 오는 풍경을 바라보고 있었다. 그리고 겨우 그곳에서 눈을 떼고 세쓰코를 향해 말했다. "세쓰코, 왜 이런 곳에…." 하지만 말을 끝마치지는 못했다.

그녀는 침대에 누워 무엇인가 호소하는 눈초리로 나를 올려보면서, 내가 더 이상의 말을 못하게 자신의 입술 위에 손가락을 대었다.

***

　야쓰가타케의 드넓은 주홍빛 기슭이 서서히 그 경사면을 지상을 향해 낮추려 하는 곳에 요양원이 있었다. 그것은 몇 개의 병동을 새의 날개처럼 옆으로 나란히 펼치며 남쪽을 향하고 있었다. 산기슭의 경사면은 요양원을 지나 더욱 넓게 퍼져 있었고, 그 위로 산골 마을 2, 3개가 기슭을 따라 기운 채, 셀 수 없이 많은 소나무에 안겨, 이곳에서는 보이지 않는 계곡 쪽을 향해 모습을 감추고 있었다.

　요양원 남쪽으로 난 발코니에 서면 산비탈 위에 경사면을 따라 기울어 있는 마을과 황톳빛 경작지가 한눈에 들어왔다. 맑게 갠 날이면 그 마을과 경작지를 둘러싸고 끝없이 펼쳐지는 소나무 숲 위로, 남에서 서로 뻗은 일본 남알프스와 거기서 갈라져 나온 2, 3개의 산맥이 능선 위에 걸쳐진 구름 사이로 보이곤 했다.

　요양원에 도착한 다음 날 아침이었다. 간병인실에서 눈을 뜬 나는 작은 유리창을 통해 맑게 갠 남청색 하늘과 닭벼슬 모양을 한 새하얀 봉우리들이 방금 대기로부터 불쑥 솟아오른 듯한 모습을 바로 눈앞에 볼 수 있었다. 그리고 누위서는 볼 수 없는 발코니와 지붕 위에 쌓인 눈이 부쩍 봄기운이 완연한 햇빛을 받아 쉬지 않고 모락모락 수증기를 날려 보내는 것 같았다.

조금 늦잠을 잔 탓에 나는 황급히 일어나서 세쓰코의 병실로 갔다. 그녀는 이미 잠에서 깨어 담요를 덮은 채로 얼굴이 상기되어 있었다.

"굿모닝!" 나도 그녀와 같이 상기된 얼굴을 느끼며 가볍게 인사했다. "잘 잤는지 모르겠군."

"잘 잤어요." 그녀는 고개를 끄덕이며 말했다.

"어젯밤에 수면제를 먹고 잤어요. 그래선지 머리가 조금 아프네요."

나는 그 따위는 문제될 것 없다는 투로 창문과 발코니로 향하는 유리문을 활짝 열었다. 그러자 눈이 부셔서 잠시 동안은 아무것도 볼 수 없을 정도였으나, 곧 눈이 빛에 익숙해지자 눈 덮인 발코니와 지붕, 그리고 들판이나 나뭇가지 할 것 없이 사방에서 피어오르는 수증기를 볼 수 있었다.

"그런데 너무 이상한 꿈을 꾸었어요. 무슨 꿈이냐면…" 라고 그녀가 내 등 뒤에서 말했다.

나는 그녀가 곤란한 이야기를 꺼내려 한다는 것을 금방 눈치 챘다. 그럴 때 언제나 그랬던 것처럼 그녀의 목소리는 약간 거북하게 들렸었다.

이번에는 내가 그녀 쪽을 향하면서 그 말을 꺼내지 못하도록 내 입술 위에 손가락을 댈 차례였다. …

곧 간호부장이 무엇인가에 쫓기는 듯하면서도 친절한 태도를 보이며 병실로 들어왔다. 간호부장은 이렇게 매일 아침 병실을 돌면서 환자 한 사람 한 사람을 살폈다.

"지난밤에는 푹 주무셨나요?"라고 간호부장은 쾌활한 목소리로 물었다.

환자는 아무 말도 하지 않고 순순히 고개만 끄덕이고 있었다.

***

보통사람들이 이제 막다른 곳까지 와버렸다고 여기는 지점에서 시작하는 이런 산중 요양원에서의 생활은 자연히 특수한 인간성을 띠게 한다. 내가 나 자신의 내부에 웅크리고 있는 미지의 인간성을 희미하게나마 의식한 것은 원장실에 불려가 세쓰코의 뢴트겐 사진을 보았을 때이다.

원장은 나를 창가로 데려가더니, 내가 잘 볼 수 있게 사진의 원판을 햇빛에 비추면서 환부에 대해 조목조목 설명하기 시작했다. 오른쪽 허파는 몇 개의 늑골 모습을 분명히 보여 주고 있었으나, 왼쪽 허파에는 늑골이 전혀 보이지 않을 정도로 무엇인지 알 수 없는 어두운 꽃과 같은 커다란 환부가 보였다.

"생각했던 것보다 환부가 넓게 퍼져 있군.…이렇게까지 심할 줄은 몰랐어.…이 정도라면 현재로선 우리 병원에서 두 번째로 중환자라고 할 수 있겠는걸…."

그런 원장의 말이 내 귀에는 단지 윙윙하는 소리로밖에는 들리지 않았다. 나는 사고력을 잃어버린 사람처럼 방금 전에 본 알 수 없는 커다란 꽃의 영상을 원장의 말과는 아무런 관계가 없는 듯 그것만 따로 선명하게 내 의식 안에 가두면서 진찰실을 나왔다. 나를 스쳐 가는 간호사, 병동에서 들리는 왁자지껄한 소리, 작은 새들의 울음소리, 이곳저곳의 발코니에서 옷을 벗고 일광욕을 시작한 환자들, 이러한 여러 가지 모습과 소리가 나와는 관계없이 나의 감각기관을 빠져나와 멀어져 갔다. 그리고 나는 마침내 맨 마지막 병동 안으로 들어간 뒤 세쓰코의 병실이 있는 2층으로 통하는 계단을 오르기 위해 기계적으로 걷는 속도를 늦추었다. 그 순간 그 계단 바로 앞에 있는 병실 안에서 지금까지 들어 본 적이 없는 섬뜩한 헛기침소리가 계속해서 흘러나왔다. '아니, 이런 곳에도 환자가 있었던가?'라는 생각을 하면서 나는 병실문에 부착되어 있는 No. 17이라는 숫자를 멍한 눈으로 바라보았다.

***

우리의 남다른 사랑의 생활이 이렇게 시작되었다.

세쓰코는 입원하고부터는 줄곧 침대에 누워 안정을 취해야 했다. 그래서인지 기분이 나아지면 애써 일어나 있으려 했던 입원 전에 비해, 오히려 환자 같은 느낌을 더 많이 주었으나 병 자체는 그다지 악화된 것 같지는 않았다. 의사 선생님들도 곧 쾌유될 환자로 그녀를 대하는 듯했다. "이런 식으로 병이라는 녀석을 포로로 잡으면 그만이야"라고 원장은 농담조로 말하곤 했다.

그러는 사이에 계절은 그때까지의 느린 행보를 되찾으려 하는 듯 발걸음을 재촉했다. 봄과 여름이 거의 동시에 밀려온 듯했다. 매일 아침 휘파람새와 뻐꾸기의 지저귐이 우리의 잠을 깨웠다. 그리고 하루 종일 요양원 주위를 둘러싸고 있는 숲의 신록이 병실 안까지 상쾌한 푸르름으로 물들이고 있었다. 그때는 정말이지 산 위로 솟아오른 흰색 구름들

마저 저녁 무렵이면 자기가 떠났던 산으로 되돌아오는 듯했다.

우리가 둘만의 생활을 시작한 후 얼마 동안 나는 세쓰코의 머리맡에서 거의 모든 시간을 보냈기 때문에 지금 그날들을 회상해 보면 매력적이긴 해도, 변화를 모르는 그 단조로움 때문에 어느 날이 어느 날이었는지 잘 구분이 되지 않는다.

말하자면, 우리는 서로 닮은 나날을 보내면서 언제부터인지 시간이라는 터널에서 완전히 빠져나온 듯한 느낌이 들었다. 그리고 그날들 속에서의 일상은 아무리 사소한 것이라도 이전과는 전혀 다른 매력을 우리에게 가져다주었다. 나는 확신할 수 있었다. 내 옆에 있는 이 따뜻하고 향기로운 존재, 그리고 조금 가쁜 숨결, 내 손을 잡고 있는 그 가냘픈 손, 그 미소, 그리고 때때로 나누는 평범한 대화, ― 만일 이런 것들을 우리에게서 떼어 놓는다면 우리에게 남는 것은 아무것도 없을 것 같은 단순한 날들이지만 ― 우리의 인생이란 따지고 본다면 결국 이런 것들이 아닌가. 그리고 이 사소한 것들이 얼마나 우리를 충만하게 하는가. 나는 그 충족감이 내가 그것들을 이 여자와 함께 나눔에서 비롯된다는 사실을 확신하였다.

우리가 함께 보낸 그날들 중에서 특별한 일이라고는 그녀가 가끔 체온이 올라간다는 것뿐이었다. 열 때문에 그녀의 육체가 조금씩 쇠약해져 간다는 사실은 의심의 여지가 없었다. 하지만 우리는 그녀가 열이 있는 날에는, 보통 때와 조금도 다름없는 일과의 매력을 좀 더 세심하게, 그리고 좀 더 천천히, 마치 금단의 열매처럼 아무도 모르게 맛보려 했기에, 다소 죽음의 맛을 간직한 그 삶의 행복을 잃는 일은 없었다.

  그러던 어느 날 저녁 무렵이었다. 나는 발코니에서, 그리고 세쓰코는 침대에서 멀리 보이는 산 뒤편으로 방금 넘어간 햇빛을 받아 산이며 언덕, 소나무숲이며 산에 일군 밭, 이 모든 것들이 선명한 노을빛에서 조금씩 희미한 회색으로 변하는 모습을 넋이 나간 사람들처럼 바라보고 있었다. 숲 위의 높은 하늘을 작은 새들이 때때로 포물선을 그리며 갑자기 날아올랐다. ―그러한 초여름의 일순간이 만들어 내는 눈앞의 경치는 언제나 볼 수 있는 눈에 익은 모습이었으나, 바로 그때를 놓치면 우리가 경험한 그런 넘쳐나는 행복을 다시는 맛볼 수 없으리라는 생각이 들었다. 그리고 언젠가 먼 훗날, 이 아름다운 석양을 자신의 마음속에서 다시 꺼내 보는 날이 온다면, 나는 오늘 본 이 노을의 모습에서 우리들이 나눈 행복의 완전한 작품을 이룰 수 있으리라는 꿈같은 생각에 젖어 있었다.

"무슨 생각을 그렇게 하세요?" 이윽고 등 뒤에서 세쓰코가 말문을 열었다.

"먼 훗날 우리가 지금 보내고 있는 시간들을 되새길 수 있는 날이 온다면 얼마나 아름다울까 하는 생각을 하고 있었어."

"정말이지 그런 날이 올지도 모르겠군요." 그녀는 즐거운 표정을 지으며 내 말에 찬성하는 것이었다.

그러고는 우리는 다시 아무 말 없이 잠시 동안 같은 풍경을 바라보았다. 그때 나는 문득, 이렇게 넋을 잃고 노을을 바라보는 사람이 나 자신인 것 같기도 하고 아닌 것 같기도 하여, 나도 모르게 망막하다고 할까, 아니면 어떤 혼란스러운 느낌, 그리고 왠지 모르게 가슴이 저미는 듯한 느낌에 젖어 들었다. 그때 나는 내 뒤에서 깊이 내쉬는 숨소리를 들은 것 같았다. 하지만 동시에 그것이 내가 내쉰 숨소리가 아닐까 하는 생각도 들었다. 나는 그 사실을 확인하려는 사람처럼 뒤돌아 그녀를 보았다.

"지금 본 경치가 그렇게까지…." 세쓰코는 뒤돌아 자기 쪽을 보는 나를 응시하면서 조금 윤기 없는 목소리로 말을 꺼냈다. 그러나 말을 꺼내고는 뒤를 잇지 못하고 있었다. 그리고는 갑자기 지금까지와는 딴판인 포기하는 어투로, "그런 날이 올 때까지 살 수 있을까요?"라고 말을 맺었다.

"또 그런 쓸데없는 말을!" 나는 참지 못하고 작은 소리로 외쳤다.

"미안해요." 그녀는 짧게 대답하고는 나에게서 얼굴을 돌렸다.

아까까지 까닭 없이 나를 사로잡았던 어떤 기분이 이제 조금씩 초조한 감정으로 바뀌어 갔다. 나는 다시 한 번 산 쪽을 향하여 눈길을 돌렸으나 아까 보았던 일순간의 그 아름다운 풍경이 이제는 사라져 흔적도 없었다.

그날 밤 내가 간병인실로 자러 가자 그녀가 나를 불러 세웠다.

"아까는 정말 미안했어요."

"마음에 두지 않아도 돼."

"저 말이에요, 아까는 다른 얘기를 하려던 참이었어요… 그런데 그만 그런 말이 나와 버렸어요."

"…다른 얘기라니?"

"…당신이 언젠가 한 말이 기억나요. 자연이 가장 아름답게 느껴지는 때는, 막 세상을 떠나려는 사람이 자연을 보는 바로 그때라고 했죠. …아까 나는 그 생각을 떠올렸어요. 아까 느꼈던 아름다움이 왠지 모르게 그런 것이 아닌가 하는 느낌이 들었어요." 그녀는 무엇인가를 호소하는 눈빛으로 나를 바라보며 그렇게 말했다.

그 말을 듣고 있던 나는 가슴이 미어지는 듯하여 나도 모르게 고개를 떨구었다. 그 순간 돌연히 어떤 생각이 나의 뇌리를 스쳤다. 그리고 아까까지 나를 초조하게 만들었던 알 수 없는 어떤 기분의 실체가 내 안에서 확연히 그 모습을 드러내기 시작했다.… '그랬군, 내가 왜 그 생각을 이제야 하게 되었지? 아까 자연이 아름답다고 느낀 것은 내가 아니었어. 그 생각을 한 것은 우리 두 사람이었던 거야. 말하자면 세쓰코의 영혼이 나의 눈을 통해서, 그리고 우리 두 사람만의 방식으로 꿈꾸고 있었던 거야. …그런데 나는 세쓰코가 자신의 마지막 순간을 꿈꾸고 있는 줄도 모르고, 나 혼자서 제멋대로 우리가 같이 살아갈 먼 훗날 생각을 하고 있었던 거야…'

언제부터인가 그런 생각에 골똘히 빠져 있던 내가 마침내 고개를 들 때까지 그녀는 나로부터 잠시도 눈을 떼지 않았다. 나는 그녀의 그런 눈길을 피하기라도 하듯 그녀를 향해 몸을 숙이고는 이마에 살포시 입술을 대었다. 나는 진심으로 부끄러웠던 것이다. …

***

 계절은 어느새 한여름으로 바뀌어 있었다. 산속은 평지보다 여름색이 짙었다. 뒤켠 숲에서는 매미가 요란스럽게 울어 댔다. 송진 냄새가 열린 창을 통해 병실 안으로 밀려왔다. 저녁이면 바깥에서 조금이라도 편한 숨을 쉬어 보려고 발코니로 침대를 옮겨 놓는 환자가 많았다. 그런 환자들을 보고 있으려니, 최근 들어 이 요양원의 환자 수가 늘었다는 사실을 알 수 있었다. 그러나 우리는 그런 사실에 개의치 않고 둘만의 생활을 계속해 가고 있었다.
 그즈음 세쓰코는 더위 때문에 부쩍 식욕을 잃고 밤에도 좀체 잠들지 못하는 기색이었다. 나는 그녀의 낮잠에 방해가 되지 않도록 사람들이 복도를 걸어가는 발자국 소리며 공중을 날아다니는 벌이나 등에의 소리에도 주의를 기울였다. 그리고 더위 때문에 나 자신의 호흡마저도 답답함을 느끼곤 했다.

그렇게 세쓰코의 머리맡에서 숨을 죽이면서, 자고 있는 그녀의 모습을 보고 있는 것은 나에게도 일종의 수면이었다. 동시에 그녀가 수면상태에서 숨을 가쁘게 쉬었다 천천히 쉬었다 하는 변화를 느끼는 일은 나에게 고통이었다. 나는 그녀의 심장박동소리에 나 자신의 그것을 맞추려 할 정도였다. 그녀는 이따금씩 가벼운 호흡곤란에 빠지기도 했다. 그럴 때면 손을 약간 떨면서 목 언저리를 누르는 시늉을 하곤 했다. — 나쁜 꿈을 꾸고 있는 것은 아닌가 싶어 깨워야 할지 말아야 할지 주저하는 사이에 그런 괴로운 상태에서 간신히 벗어나 이완상태에 몸을 맡기는 것이었다. 그러면 왠지 모르게 마음을 놓으며 그녀의 조용한 호흡에 나 자신조차 일종의 쾌감을 느꼈다. — 그리고는 그녀가 눈을 뜨면 나는 그녀의 머리카락에 입맞춤을 했다. 그녀는 아직 나른한 표정으로 나를 바라보았다.

 "옆에 있었어요?"

 "그래, 나도 여기서 잠시 졸았던 것 같아."

 그런 일이 있던 날이면 나도 밤새 잠들지 못했다. 그럴 때면 나도 모르게 손으로 목 언저리를 누르는 시늉을 하였다. 그런 나의 행동을 의식하고는 비로소 자신의 호흡곤란을 느끼곤 했다. 그러나 그것은 나에게 의외로 유쾌한 기분을 가져다주었다.

"요즘 들어 당신 안색이 안 좋은 것 같아요." 어느 날, 그녀는 평소보다 더욱 유심히 나를 보며 말했다. "어디 몸이 안 좋은 데라도 있나요?"

"잘 모르겠는걸." 그녀의 그런 말이 기뻤다. "나야 언제나 그렇지 뭘."

"계속 내 옆에만 있지 말고 산책이라도 하면 어떨까요?"

"이 더운 날에 산책이라니, 가당치도 않군. …밤에는 칠흑같이 어둡고. …뭐, 매일 병원 안을 꽤나 많이 왔다 갔다 하잖아."

나는 그런 류의 대화를 끝내기 위해서 매일 복도에서 부딪치는 다른 환자들의 이야기를 화제 삼았다. 자주 발코니 한구석에 모여서 하늘을 경마장으로, 떠다니는 구름을 비슷하게 생긴 동물에 비유하며 노는 어린 환자들이라든가, 언제나 담당 간호사 팔을 붙들고는 목적 없이 복도를 왕래하는, 심한 신경쇠약에 걸린데다 좀 징그러울 정도로 키가 큰 환자 이야기를 들려주곤 했다. 그러나 나 자신 한 번도 얼굴을 보지는 못했지만, 언제나 그 병실 앞을 지날 때마다 듣기 거북한 왠지 섬뜩한 기분이 드는 기침소리를 내는 17호실 환자의 이야기는 애써 피했다. 필시 그 환자가 이 요양원에서 제일 중증이리라는 생각이 들었기 때문이다. …

  8월도 서서히 하순에 접어들고 있었으나, 잠들기 힘든 밤은 여전히 계속되고 있었다. 그러던 어느 날 밤이었다. 우리가 좀처럼 잠을 이루지 못하고 있는 터에 (취침 시간인 9시는 이미 지나 있었다) 한참 떨어진 아래쪽 병동에서 뭔가 소란스러운 소리가 들려왔다. 그리고 때때로 복도를 종종걸음으로 달려가는 발자국 소리며 기구들이 날카롭게 부딪치는 소리가 뒤섞여 들려왔다. 나는 불안한 마음에 귀를 기울이고 있었다. 그 소리가 겨우 그치자 그것과 다를 바 없는 웅성거리는 듯한 침묵의 소리가 거의 동시에 병동과 병동 사이를 휘감았다. 그리고 그 웅성거림은 우리 병동 아래쪽에서도 들려왔다.
  나는 그때 요양원 안을 폭풍처럼 휩쓸고 간 것이 무엇이었는지 충분히 알 수 있었다. 나는 그 사이에 몇 번이고 귀를 기울이고는 아까부터 불은 꺼졌지만 잠들지 못하고 있는 듯한 옆방의 세쓰코에게 주의를 기울였다. 세쓰코는 뒤척임 한 번 없이 조용히 숨을 죽이고 있는 것 같았다. 나 자신도 답답할 정도로 숨을 죽이고는 그 폭풍이 저절로 사라지기만을 기다리고 있었다.

한밤중이 되어서야 폭풍은 잦아들기 시작한 듯하였다. 우리는 어느새 안도의 한숨을 내쉬고는 조금씩 잠에 빠져들기 시작했으나, 갑자기 옆방에서 세쓰코가 그때까지 참고 있던 기침을 발작적으로 두세 번 크게 하는 바람에 다시 눈을 뜨고 말았다. 기침은 그대로 멎은 것 같았으나 나는 불안한 마음을 떨칠 수가 없어 조용히 옆방으로 갔다. 암흑 속에서 그녀는 홀로 공포에 떨며 눈을 크게 뜨고는 나를 바라보았다. 나는 말없이 그 곁으로 다가갔다.

"괜찮아요."

그녀는 애써 미소를 지으며 나에게 들릴 듯 말 듯한 작은 목소리로 말했다. 나는 그대로 침대 모서리에 걸터앉았다.

"그곳에 그대로 있어 줄래요?"

그녀는 평소와는 다르게 약한 모습을 보이며 나에게 말했다. 우리는 한숨도 자지 못하고 밤을 새웠다.

그 일이 있고 나서 2, 3일 후에 갑자기 여름의 기세가 꺾이기 시작했다.

***

9월에 접어들자 조금 세찬 비가 몇 번 오락가락하더니,

언제부터인지 쉴 새 없이 내리기 시작하였다. 비 때문에 나뭇잎은 노란 물을 들이기도 전에 썩어 버리지 않을까 싶을 정도였다. 여름 동안 줄곧 창문을 열어 두던 요양원 병실도 이제는 매일 창문을 꼭 닫고 있어서 방 안이 어슴푸레할 정도였다. 바람이 자주 창문을 들썩였다. 숲은 단조로우면서 묵직한 소리를 내었다. 바람이 없는 날에 나는 하루 종일 빗물이 지붕을 흘러내려 발코니 위로 떨어지는 소리를 듣고 있었다. 그런 비가 안개비로 변하던 어느 날 아침, 나는 발코니에 접한 좁은 마당이 약간 밝아 오는 듯한 풍경을 무의식적으로 내려다보고 있었다. 그때 마당 저편에서 어떤 간호사가 여기저기 피어 있는 들국화며 코스모스를 잡히는 대로 꺾으면서 이쪽으로 다가오고 있는 것을 보았다. '음, 언제나 섬뜩한 기침을 하던 그 환자가 죽었을지도 모르겠군.' 문득 그런 생각을 하면서 비를 맞으며 조금은 상기된 듯한 표정으로 아직 꽃을 꺾고 있는 그 간호사의 모습을 바라보며 나는 갑자기 심장이 멎는 듯한 느낌이 들었다. '내 생각이 맞았어. 이곳에서 가장 병이 깊었던 사람이 그 친구였군. 그 친구가 결국 죽었다면, 다음 차례는? … 아아 원장은 쓸데없는 말을 한 거야….'

나는 그 간호사가 커다란 꽃다발을 가슴에 안고 발코니

밑으로 사라져 버린 뒤에도 넋이 나간 사람처럼 창문에서 떨어질 줄을 몰랐다.

"뭘 그리도 보고 계세요?" 침대에서 세쓰코가 물었다.

"이 빗속을 아까부터 간호사가 꽃을 꺾고 있는데, 대체 누구지?"

나는 이 말을 혼잣말처럼 중얼거리며, 그제야 창문에서 몸을 떼었다.

그러나 그날은 왠지 하루 종일 그녀의 얼굴을 똑바로 쳐다볼 수가 없었다. 모든 것을 다 알고 있으면서 일부러 모르는 척 가끔씩 나를 가만히 응시하고 있는 것 같아서 더욱 괴로웠다. 이렇게 서로가 나누어 가질 수 없는 불안과 공포 때문에 각자가 조금씩 다른 방향으로 나아가게 되면 안 된다는 생각에 나는 이 일을 되도록 빨리 잊으려 노력해 보았으나 이내 그 생각 속에 다시 빠져드는 것이었다. 그리고 마침내 우리가 이 요양원에 처음으로 도착한 눈 오던 날 밤에 그녀가 꾸었다는 꿈, — 처음에는 들으려 하지 않았지만 결국 유혹을 이기지 못하고 본인에게 캐물어 알게 된 그 불길한 꿈을 지금까지의 망각을 뒤로하고 불현듯 기억해 내고 말았다. 그 불가사의한 꿈속 나라에서 그녀의 육체는 죽은 몸이 되어 관 속에 누워 있었다. 사람들은 그 관을 짊어지고 어딘지 모를 들판을 가로지르기도 하고, 깊은 숲 속으로 들어가기도 했다. 그러나 관 속에 있는 이미 죽은 그녀는 들판 위로 펼쳐지는 겨울 풍경과 검은 전나무를 똑똑히 보았다. 그리고 그 들판 위를 지나가는 바람소리도 들었다. 그 꿈에서 깨어났을 때 그녀는 자신의 차디찬 두 귀가 전나무 가지가 바람에 흔들리는 소리로 가득 차는 것을 똑똑히 느꼈다.

그러한 안개비가 며칠간 내리고는 계절이 바뀌었다. 많았던 요양원 환자들도 한 사람 두 사람 떠나고, 남아 있는 사람이라고는 겨울을 그곳에서 보내야만 하는 중환자들뿐이었다. 요양원은 봄이 되기 전의 적막한 모습으로 되돌아갔다. 17호실 환자의 죽음이 그러한 적막감을 더했다.

9월 하순 무렵의 어느 날 아침이었다. 할 일 없이 복도의 북쪽으로 나 있는 창문을 통해서 뒤편에 있는 숲 속을 바라보고 있으려니, 안개가 짙게 깔린 숲 속을 평소와는 다르게 사람이 드나드는 모습이 보여 왠지 기이하게 여겨졌다. 간호사들에게 물어보아도 아무것도 모른다는 반응이었다. 그때는 그 사실을 곧 잊고 말았으나 다음 날도 역시 이른 아침부터 인부 두세 사람이 안개 속에서 언덕 가장자리에 있

"오늘 세쓰코는 왠지 내가 지금까지 보지 못한 장밋빛 소녀 같은 느낌이군."

"놀리지 마세요." 그녀는 어린 소녀 같은 동작으로 두 손으로 얼굴을 감쌌다.

***

세쓰코의 아버지는 이틀을 머물고 떠났다.

출발하기 전에 나는 그를 안내할 겸 요양원 주위를 같이 걸었다. 물론 그것은 두 사람만의 이야기가 목적이었다. 하늘에 구름 한 점 없는 맑은 날이었다. 여느 때와는 다르게 또렷한 붉은빛이 돋보이는 야쓰가타케를 가리키며 주의를 끌어 보아도 그는 잠시 시선을 위로할 뿐 자신의 이야기에 빠져 있었다.

"이곳은 아무래도 세쓰코와는 맞지 않는 것 같아. 반년이나 지났으면 조금은 호전되는 기미를 보여야 하는 것 아닌가?"

"글쎄요 올 여름은 모든 지역이 기후적으로 좋지 않았던 것 같습니다. 그리고 이런 산중에 있는 요양소는 겨울이 좋다고들 합니다만…."

"겨울까지 저 애가 버틸 수 있다면 좋겠지만, …아무래도 겨울까지는 어렵지 않을까….."

"그래도 본인은 겨울도 이곳에서 지내려 하고 있습니다." 나는 이러한 산중의 고독 속에서 우리 둘이 얼마나 많은 행복을 키워 나가고 있는가에 대해 그를 이해시키려는 마음이 앞섰지만 그러한 우리를 위해 그가 치러야 했던 희생을 생각하여 차마 말을 꺼내지 못하고 있었다. 우리는 어긋난 대화를 계속해야 했다.

"이렇게 어려운 발걸음을 하셨으니 계실 수 있는 만큼 계셔 보는 것이 어떻겠습니까?"

"…그런데 자네는 겨울까지 저 아이와 같이 있어 주겠는가?"

"네, 물론입니다."

"자네에게는 정말 미안하군. 참, 자네 지금 작품은 쓰고 있는가?"

"손을 못 대고 있습니다…."

"자네도 아픈 사람 신경만 쓰지 말고 자네 일을 해야 하는 것 아닌가?"

"네, 이제부터 조금씩 하면 됩니다…"라고 나는 입속으로만 되뇌었다.

—'그렇군. 나는 꽤나 오랫동안 내 일을 잊고 있었군. 어쨌든 일을 시작하기는 해야 할 텐데⋯.' 그런 생각을 하면서 나는 왠지 가슴이 벅차올랐다. 그리고 우리는 잠시 말없이 언덕 위에 서서, 어느새 서쪽 하늘 가운데를 향해 퍼져 나간 셀 수 없을 만큼 많은 물고기 비늘 모양의 구름을 바라보았다.

마지막으로 우리는 나뭇잎이 물들어 노란색이 완연한 숲속을 지나 뒤쪽을 통해 병동으로 향했다. 그날도 인부들 두세 명이 언덕의 흙을 파내고 있었다. 그 옆을 지나며 나는, "들은 바로는 이곳에 화단을 만드는 모양입니다"라고 지나가는 말로 한 마디 덧붙였다.

저녁 때 기차역까지 그녀의 아버지를 배웅하고 돌아와 보니 세쓰코는 침대에 모로 누운 채 깊은 기침 때문에 허덕이고 있었다. 그렇게 심한 기침은 지금까지 한 번도 경험한 적이 없었다. 그 기침의 발작이 조금 수그러들 때를 기다리며 내가,

"어떻게 된 거야" 하고 물으면,

"별것 아니에요 ⋯곧 멎겠죠"라고 그녀는 겨우 그 대답만 할 뿐이었다. "거기 있는 물 좀 주세요"

나는 플라스크에 담긴 물을 컵에 따라 부은 뒤 그것을 그녀의 입에 대고 먹였다. 그녀는 한 모금 마시고는 조금 편안해진 것 같았으나, 그것은 일순간이었다. 다시 아까보다 더욱 심한 기침이 그녀를 괴롭혔다. 나는 거의 침대 끝까지 밀려오면서 몸부림치는 그녀를 어찌할 바를 모르고 다음과 같이 묻기만 하였다.

"간호사를 불러 줄까?"

"……"

그녀는 발작이 멈추어도 오랫동안 몸을 고통스럽게 비틀면서 양손으로 얼굴을 가린 채로 고개를 끄덕일 뿐이었다.

나는 간호사를 부르러 갔다. 그리고 나보다 먼저 달려 나간 간호사 뒤를 따라 병실로 들어가자 그녀는 간호사의 양손에 몸을 맡기고 조금은 편한 모습으로 되돌아와 있었다. 하지만 그녀는 정신이 나간 듯 초점을 잃은 눈을 크게 뜨고 있었다. 기침 발작은 잠시 멈춘 것 같았다.

간호사는 그녀를 부축하고 있던 손을 조금씩 풀면서,

"이제 어지간히 그친 것 같네요 …잠시 동안 움직이지 말고 가만히 누워 계세요"라고 말하며 흐트러진 담요를 바로 하기 시작했다. "곧 주사를 놓아 달라고 말하고 올게요"

간호사는 병실을 나가며 그때까지 어디 있으면 좋을지

몰라서 문 옆에 뻣뻣하게 서 있던 나에게 살짝 말했다. "피가 조금 섞여 나왔어요."

나는 겨우 그녀의 머리맡에 갈 수 있었다.

그녀는 여전히 초점을 잃은 눈을 크게 뜨고 있었으나 그것이 나에게는 자고 있는 것처럼만 여겨졌다. 나는 그녀의 핏기 잃은 이마 위에 헝클어져 작은 소용돌이를 만들고 있는 머리카락을 쓸어 올리면서 식은땀으로 젖은 이마를 손바닥으로 쓰다듬어 주었다. 그녀는 그제야 나라는 따뜻한 존재를 느꼈는지, 잠시 야릇한 미소를 머금었다.

***

절대안정의 나날이 계속되었다.

창문은 모두 노란색 커튼으로 가려져 병실 안은 어두침침하였다. 간호사들도 소리를 내지 않으려고 발끝으로 걸었다. 나는 거의 세쓰코의 머리맡을 떠나지 않았다. 한밤중의 간호도 나만의 몫이었다. 세쓰코는 가끔씩 내가 있는 쪽을 보면서 무엇인가 말을 하고 싶어 했다. 나는 아무 말도 못하게 하려고 입술 위에 손가락을 대었다.

그러한 침묵이 우리 둘을 각자 자신의 생각 속으로 빠져

들게 했다. 그러나 우리는 상대방이 무슨 생각을 하고 있는지 서로를 너무나 잘 알고 있었다. 그리고 이번에 일어난 일이 나를 위해서 그녀가 희생을 감내한 결과가 눈에 보이는 형태로 나타난 것이 아닌가 하고 나 자신을 나무라고 있는 동안, 그녀는 그녀대로 지금까지 우리들이 조심조심 쌓아올리며 키워 온 것을 자신의 경솔함으로 인해 일순간에 부수어 버렸다고 후회스럽게 생각하고 있다는 것을 똑똑히 느낄 수 있었다.

그리고 그러한 자신의 희생을 희생으로 여기지 않고, 자신의 경솔함만을 나무라는 듯한 그녀의 가상한 마음이 나의 마음을 아프게 했다. 그러한 희생을 그녀가 당연히 치러야 할 보상으로 생각하면서, 언제 죽음의 침상으로 변할지 모르는 침대 위에서 이렇게 그녀와 즐겁게 맛보는 생의 즐거움―그것은 정말로 우리에게 만족을 가져다주는 것일까? 우리가 지금 행복이라고 여기는 것은 그러한 우리의 믿음과는 별개로, ―순간적인 것이며 우연한 생각에 불과한 것이 아닐까?

한밤중에 간호에 지친 나는 막 잠에 빠져 들려는 그녀 옆에서 문득 그런 생각을 하면서, 그 무렵 우리의 행복이 누군가에 의해 위협받고 있다는 불안감을 떨쳐 버릴 수가 없었다.

그러나 위기는 일주일 정도 지나자 사라졌다.

어느 날 아침 간호사가 햇빛가리개를 걷어 내고 창문 한쪽을 연 후에 병실에서 나갔다. 세쓰코는 창문을 통해 들어오는 가을의 햇빛에 부신 눈을 감으며, "느낌이 좋아요"라고 침대 위에서 마치 생명이 소생한 듯이 말했다.

그녀의 머리맡에서 신문을 펼쳐 들고 있던 나는, 우리 인간이 경험하는 충격이란 그 충격이 지나간 후에는 마치 다른 사람에게 일어난 것 같은 느낌을 준다는 생각을 하였다. 그리고 다소 건강을 찾은 그녀 쪽을 향하여 살짝 눈길을 주고는 놀리듯이 말했다.

"아버님께서 다시 오셔도 지난번처럼 흥분하면 안 돼."

그녀는 얼굴을 조금 붉히고는 그러한 나의 말을 솔직히 받아들였다.

"이번에 아버지가 오시면 모르는 체할 거예요."

"그게 그렇게 될까?"

그런 우스갯소리를 주고받으며 우리는 서로를 감싸 안듯이 하나가 되었다. 그리고 마치 어린아이처럼 모든 책임을 아버지에게 떠넘기는 것이었다.

그렇게 우리는 자연스럽게 지난 일주일 동안에 일어난 일이 어떤 사소한 잘못에서 비롯된 것이라는 가벼운 기분으로 바라보았다. 그리고 조금 전까지 우리를 육체적으로나 정신적으로 두려움에 떨게 했던 위기에서 간단히 벗어날 수 있었다. 적어도 우리에게는 그렇게 여겨졌다.…

 어느 날 밤 나는 그녀 곁에서 책을 읽고 있던 중 갑자기 책을 덮고 창문가로 가서 얼마 동안 무엇인가를 골똘히 생각하며 서 있었다. 그리고는 그녀 곁으로 돌아갔다. 나는 다시 책을 들고 읽기 시작하였다.
 "왜 그러세요?" 그녀는 고개를 들고 나에게 물었다.
 "아무것도 아니야." 나는 별것 아니라는 투로 대답하고는 몇 초 동안 책에 정신이 팔린 사람 같은 태도를 취했다. 하지만 나는 결국 입을 열고야 말았다.
 "여기 온 이후로 아무 일도 하지 못한 것 같아서 지금부터라도 작품을 좀 써볼까 하는데…."
 "그러세요. 작품을 써야 한다고 생각해요. 아버지도 그 점을 걱정하고 계세요." 그녀는 진지한 표정을 지으며 대답했다. "제 걱정만 하지 말고요."
 "그런 뜻이 아니야. 나에게는 세쓰코가 가장 소중하니까…." 나는 그때 순간적으로 떠오른 소설의 막연한 아이디어를 그 자리에서 좇아가면서 혼잣말처럼 이야기를 계속

했다. "나는 세쓰코 이야기를 소설로 쓰고 싶어. 그 밖의 다른 생각은 전혀 떠오르지 않으니까. 우리가 서로에게 나누어 주는 이 행복,— 다른 사람이 막다른 곳이라고 생각하는 지점에서 출발하는 삶의 기쁨,— 아무도 모르는 우리 자신만의 소유를 나는 좀 더 명확한 내용으로 하나의 형태로 바꾸어 나가고 싶어. 무슨 뜻인지 알겠지?"

"알아요." 그녀는 자신의 생각을 따라가듯이 나의 생각을 따라가면서 대답했다. 그러나 곧 입을 비쭉거리며 웃었다.

"저에 관한 이야기라면 무엇이든지 당신 생각대로 쓰면 돼요." 그녀는 나를 가볍게 떠보듯이 말했다.

그러나 나는 그녀의 말에 순순히 응했다.

"물론이지. 나는 내 생각대로 쓸 거야. 다만 이번 작품은 세쓰코의 도움이 많이 필요할 것 같아."

"제가 도울 수 있는 일이 있나요?"

"그럼, 내가 작품을 쓰는 동안 세쓰코는 머리끝에서 발끝까지 행복해야 해. 그래야만 해…."

혼자서 자기 생각에 빠져 있는 것보다는 이렇게 두 사람이 같이 생각을 나누다 보면 훨씬 더 자신의 두뇌가 활발히 움직인다는 사실을 의외로 생각하며, 나는 내 안에서 계속해서 샘솟는 생각에 떠밀려 다니듯 병실 안을 왔다 갔다 하고 있었다.

"지나치게 환자 옆에만 있다 보니까 기운이 떨어지는 거예요. …산책이라도 다녀오는 게 어때요?"

"응. 일을 하자면," 하고 나는 눈을 빛내며 힘 있게 말했다. "산책도 해야지."

***

나는 숲을 빠져나왔다. 드넓은 습지 저편으로 또 다른 숲이 보이고 그 숲 너머로 야쓰가타케의 산기슭 일대가 나의 눈앞에 끝없이 펼쳐지고 있었다. 그리고 숲과 거의 맞닿은 곳에 작은 마을과 경사진 경작지가 이어지고, 그 한 부분이 붉은 지붕을 새의 날개 같이 펼치고 서 있는 요양원 건물이 있다. 그것은 아주 작게 보이기는 했으나 명료한 모습으로 내 시선을 사로잡았다.

나는 이른 아침부터 자신의 생각에 온전히 몸을 맡기고는 발길 닿는 대로 숲에서 숲으로 정처 없이 걷고 있었다. 그러나 지금 이 순간 내 눈앞에 가을의 맑은 공기 탓인지, 생각보다 훨씬 가까워 보이는 요양원의 작은 모습을 보게 되었을 때 나는 갑자기 지금까지 나를 사로잡고 있던 것에서 헤어나서 그 건물 안에서 많은 환자들에게 둘러싸여 매일 매일을 별 생각 없이 보내는 우리들의 생활이 평범하지 않다는 사실에 대해 처음으로 생각하게 되었다. 그리고 아까부터 내 안에서 샘솟던 창작욕은 점점 더 힘을 얻어, 나는 그러한 우리들의 기묘한 매일의 시간을 극히 퍼데틱(pathetic)하면서도 조용한 스토리로 만들어 가기 시작했다. … '세쓰코! 지금까지 이렇게까지 서로를 사랑한 사람은 없었을 거야. 지금까지 너라는 존재도 또한 나라는 존재도 없었다….'

나의 상상은 우리가 간직한 여러 추억의 주위를 어느 때는 빠르게 지나가기도 하고, 또 어느 때는 한곳에 머물면서 끝없이 맴돌고 있었다. 나와 세쓰코는 멀리 떨어져 있었으나 그동안에도 끊임없이 그녀에게 말을 하고, 또한 그녀의 대답을 들었다. 그러한 우리들의 이야기는 마치 우리의 삶 그 자체처럼 끝이 없는 것 같았다. 그리고 그 이야기는 어느새 그 자신의 삶을 시작하고 있었다. 나는 이야기의 진행을 별 생각 없이 나의 자유에 맡기면서 곧잘 한곳에 머무르고 싶어 하는 나 자신을 그 지점에 그대로 두고는 마치 나의 이야기가 그런 결과를 원하기라도 하는 듯, 병든 여주인공이 맞아야 할 슬픈 죽음의 장면을 자아내고 있었다. ― 자신의 마지막을 예감하면서 남아 있는 온 힘을 다하여 애써 밝고 고귀하게 살아가려 하는 여자, ― 사랑하는 사람의 품에 안겨 오로지 뒤에 남아야 할 사람의 슬픈 마음을 자신의 마음속에 비추어 보면서 자신은 행복 속에서 죽어가는 여자, ― 그러한 여자의 영상을 하늘에 대고 뚜렷이 그려 보는 것이었다. '남자는 그들의 사랑을 한층 더 순수한 것으로 만들어 가기 위해서 병든 여자의 손을 이끌 듯이 산속 요양원에 들어간다. 그러나 곧 죽음이 두 사람을 위협하기에 이르자, 남자는 그렇게까지 하면서 얻으려 했던 행복이 설사 그것을 얻어 낸다 하더라도 그들 자신을 충분히 만족시킬 수 있을지에 대해 의문을 품게 된다. ― 그러나 여자는 고통 속에서도 마지막까지 자신을 성실히 간호한 남자에 감사하며 자신의 죽음을 만족스럽게 받아들인다. 그리고 남자는 여자의 고귀한 죽음 앞에서야 두 사람의 작은 행복을 믿기 시작한다….'

그러한 이야기의 결말이 마치 숨어서 나를 기다리고 있는 듯했다. 그리고 갑자기 죽음을 앞둔 여자의 영상이 미처 예상하지 못한 강렬함으로 나를 엄습했다. 나는 마치 꿈에서 깨어난 사람처럼 형용할 수 없는 공포와 수치심에 휩싸였다. 그리고 그러한 상상을 자신에게서 털어 내려는 듯 앉아 있던 너도밤나무 뿌리에서 힘을 주어 몸을 일으켰다.

태양은 이미 하늘 높이 올라 있었다. 산이며 숲, 그리고 마을과 밭, — 그 모든 것들은 가을의 온화한 햇살 아래 너무도 편안히 떠 있었다. 저 멀리 작게 보이는 요양원 건물 안에서도 모든 것이 평소의 일상을 또다시 반복하고 있음에 틀림없었다. 그런 생각을 하던 중 갑자기, 평소의 일상에서 소외된 채로 모르는 사람들 사이에 섞여 혼자 쓸쓸히 나를 기다리고 있을 세쓰코의 모습이 뇌리에 떠올랐다. 그런 생각이 들자 나는 그대로 있을 수 없었다. 나는 황급히 산길을 내려가기 시작했다.

나는 병동 뒤편에 있는 숲을 지나서 요양원으로 돌아갔다. 그리고 발코니를 우회하면서 병동 가장 끝에 있는 병실로 다가갔다. 내가 오고 있는 줄을 전혀 모르는 세쓰코는 침대에 누워 언제나 하던 것처럼 머리카락 끝을 손으로 매만지면서 조금 슬픈 표정으로 공중에 눈길을 주고 있었다. 나는 유리창을 손가락으로 노크해 보려던 생각을 문득 멈추고, 그러한 그녀의 모습을 자세히 들여다보았다. 그녀는 누군가에 의해 위협받고 있는 자신을 간신히 견디어 내고 있는 듯한 모습이었다. 그러나 그녀 자신은 그 사실을 의식하지 못하고 있다고 여겨질 정도로 멍한 표정을 짓고 있었다. …나는 심장이 터질 듯한 느낌을 받으며 지금까지 본 적이 없는 그녀의 모습을 응시하고 있었다. …그러자 갑자기 그녀의 얼굴이 밝아졌다. 그녀는 얼굴을 들고 미소까지 지어 보였다. 내가 온 것을 알아차린 것이었다.

나는 발코니를 통해 병실로 들어가서 그녀 곁으로 다가갔다.

"무슨 생각을 하고 있었지?"

"아무 생각도 안 했어요…." 그녀는 어쩐지 들어 보지 못한 낯선 목소리를 내어 대답했다.

나는 그대로 아무 말도 하지 않고 조금 낙담한 듯 잠자코 있었다. 그러자 그녀는 그제야 평소의 자신을 되찾은 듯이 친밀한 목소리로,

"어디 갔다 오시는 거예요? 시간이 많이 지났는데"라고 물었다.

"저쪽이야." 나는 발코니 정면에서 멀리 보이는 숲 쪽을 짧게 손가락으로 가리켰다.

"어머, 멀리까지 갔네요. … 소설은 잘 될 것 같아요?"

"응, 그럭저럭…." 나는 퉁명스레 대답하고는 잠시 아까처럼 아무 말 없이 있었으나 갑자기,

"세쓰코는 지금 생활에 만족해?"라고 다소 상기된 목소리로 물었다.

그녀는 나의 그러한 뜬금없는 질문에 조금 당황스런 표정을 지었으나 잠시 나를 정면으로 바라보고는 확신에 찬 얼굴로 고개를 위아래로 끄덕이면서,

"왜 그런 것을 묻는 건가요?"라고 이해할 수 없다는 듯 되물었다.

"나는 말이지, 지금 같은 생활이 어쩐지 나의 신중하지 못한 결정이 아니었나 하는 생각이 들었어. 별 가치도 없는 생각을 세쓰코에게 강요한 것이 아닐까 하는…"

"그런 말 하면 싫어요" 그녀는 황급히 나의 말을 가로막았다. "그런 말이야말로 신중하지 못한 거예요"

그러나 그녀의 그런 말은 나 자신에 대한 불만을 해소하지 못했다. 그녀는 그러한 나의 침울한 모습을 안절부절못하며 바라보고 있었으나 급기야는 더 이상 견딜 수 없다고 생각했는지 다음과 같이 말했다.

"제가 이곳에서 더할 나위 없는 만족감을 느끼고 있다는 것을 정말 모르겠어요? 몸이 아무리 좋지 않아도 한 번도 집에 가고 싶다는 생각을 한 적이 없어요 만일 당신이 내 옆에 없었다면 저는 정말 어떻게 되었을 거예요 아까도 그

랬어요. …당신이 안 계실 때, 그래도 처음 얼마 동안은 돌아오는 시간이 늦으면 늦을수록 왔을 때의 기쁨이 더할 것이라고 생각했어요 그래서 꾹 참고 기다렸는데,―내가 생각했던 시간이 지나도록 오질 않으니까 나중에는 정말 불안했어요. 그래서인지 언제나 당신과 같이 지내는 이 방도 어쩐지 내가 전혀 모르는 방이라는 느낌이 드는 거예요 너무 무서워서 이 방에서 도망가고 싶다는 생각을 했을 정도였는걸요. …그러다가 언젠가 당신이 한 말을 생각해 내고는 조금 마음이 가라앉았어요. 언젠가 나에게 이런 말을 했죠. ―여기서의 우리들 생활을 시간이 많이 흐른 뒤에 다시 생각해 보면 얼마나 아름다울까 하는 말, 말이에요….”

그녀는 조금씩 건조한 목소리를 내면서 그 말을 마쳤다. 그리고는 미소인지는 모르겠으나 입을 조금 비쭉거리며 나를 향해 시선을 모았다.

그녀가 하는 말을 들으면서 나는 더할 나위 없이 가슴이 벅차올랐다. 그러나 그러한 감동을 그녀에게 들키지 않으려고 조용히 발코니로 나갔다. 그리고 그곳에서 지난번에 우리의 행복을 완벽히 재현해 냈다고 느낀 초여름의 황혼과 흡사한 풍경을 발견했다. 물론 지금은 그때와는 완연히 다른 가을의 아침 햇살 속 풍경이었다. 그때보다 더욱 차갑고 또 더욱 깊은 빛 속의 풍경을 나는 내 안의 정적 속에 담아내고 있었다. 그때 우리가 느꼈던 행복과 닮은, 그러나 더욱 강하게 우리 가슴을 벅차게 하는 미지의 감동으로 나 자신이 충만되는 것을 느끼면서⋯.

겨울

1935년 10월 20일

　오후가 되어 평소 때와 같이 세쓰코를 병실에 남겨 두고 요양원을 나온 나는 수확으로 분주한 농부들이 일하고 있는 논밭 사이를 지나 숲을 넘어서 산기슭 쪽의 인기척이 끊어진 좁은 마을로 내려갔다. 그리고 작은 계곡 물 위에 놓여진 현수교를 건너 마을 반대편의 밤나무가 많은 나지막한 산에 올랐다. 나는 그 산 정상 부근에 비탈진 곳이 있는 곳을 보고 그곳에 앉았다. 그곳에서 나는 오랜 시간 밝고 조용한 기분으로 이제 막 시작하려 하는 소설의 작품구

상에 몰두하였다. 이따금씩 마을 아이들이 밤나무를 흔들어서 한꺼번에 밤이 땅에 떨어지는 바람에 계곡 전체로 퍼져 나가는 그 소리가 나를 놀라게 했다. …

내 주위에서 보고 들을 수 있는 모든 것이 우리의 인생이라는 과일이 익어 감을 알리고 있었다. 그리고 이제 그 과일을 빨리 수확하라고 나를 재촉하는 것처럼 느껴졌다. 나는 그 느낌이 좋았다.

어느새 해가 기울어 계곡 안에 있는 마을이 멀리 떨어진 숲의 그늘에 완전히 가려지는 것을 보고, 나는 조용히 그 자리에서 일어나 산을 내려온 뒤 다시 현수교를 건넜다. 그리고 여기저기에서 물레방아가 소리를 내며 끊임없이 돌고 있는 좁은 마을을 할 일 없이 한 바퀴 돌고는 야쓰가타케 산록 일대에 넓게 퍼져 있는 낙엽송 숲의 가장자리를 지났다. 그리고 지금쯤 세쓰코가 나의 귀환을 안절부절못하며 기다리고 있을 것이라는 생각 속에 발걸음을 재촉하며 요양원으로 돌아갔다.

10월 23일

동이 틀 무렵이었다. 나는 바로 옆에서 나는 듯한 이상한 소리에 놀라 잠이 깨었다. 그리고 얼마간 귀를 기울여 보았으나 요양원은 전체가 마치 무덤 속인 양 조용했다. 그리고는 왠지 정신이 맑아져 더 이상 잠들지 못하였다.

작은 나방이 달라붙어 있는 유리창 너머로 나는 새벽별이 몇 개 희미하게 깜박이는 것을 무심히 바라보고 있었다. 그러한 새벽의 모습이 나에게는 더할 나위 없이 적막한 인상을 주었다. 나는 조용히 일어나서 자신의 행동에 대한 아무런 자각도 없이 아직은 캄캄한 세쓰코의 병실 안으로 들어갔다. 그리고 침대 옆으로 다가서면서 몸을 숙이고는 세쓰코의 잠든 얼굴을 바라보았다. 그러자 그녀는 갑자기 눈을 크게 뜨고는 그러한 나를 올려다보면서,

"왜 그러세요?"라고 이상한 듯 물었다.

나는 별일 아니라는 뜻을 눈짓으로 알리고는 조용히 그녀 위에 몸을 숙인 채로 마치 오랫동안 기다렸다는 듯이 나의 얼굴을 그녀의 얼굴 위로 가져갔다.

"얼굴이 매우 차네요." 그녀는 눈을 감으며 머리를 조금 돌렸다. 머리카락 냄새가 조금 풍겼다. 우리는 그대로 서로의 숨결을 느끼며 오랜 시간 볼을 비비고 있었다.

"지금 또 밤이 떨어졌어요…." 그녀는 눈을 가늘게 뜨고 나를 보며 말했다.

"아아, 밤이 떨어지는 소리였군. …그 소리에 아까 잠이

깬 거야."

나는 약간 상기된 목소리로 그렇게 말하고는 그녀에게서 몸을 떼었다. 그리고 우리가 모르는 사이에 훨씬 밝아진 창 쪽을 향해 걸어갔다. 그리고 창문에 기댄 채로 조금 전부터 눈에서 샘솟아 볼을 적시며 흐르는 뜨거운 눈물을 훔치지도 않은 채 저편의 산을 바라보았다. 산 위로 보이는 몇 점의 구름은 웅크리고 움직이지 않았다. 구름은 붉게 물들고 있었다. 그제야 밭에서는 일하는 소리가 들리기 시작했다. …

"그렇게 서 있으면 감기 걸려요." 침대에서 그녀가 작은 목소리로 말했다.

나는 편안하게 대답할 마음으로 그녀 쪽을 바라보았다. 그렇지만 눈을 커다랗게 뜨고는 걱정스럽게 나를 바라보고 있는 그녀와 마주치자 그런 말이 나오지 않았다. 나는 아무 말 없이 간병인 방으로 돌아갔다.

그로부터 몇 분 뒤 세쓰코는 새벽의 심한 기침을 참지 못하였다. 그것은 오늘도 어김이 없었다. 나는 다시 이불을 덮으면서 형용할 수 없는 불안감 속에서 그 기침소리를 들어야 했다.

10월 27일

나는 오늘도 산과 숲에서 오후를 보냈다.

하나의 주제가 하루 종일 나의 뇌리를 떠나지 않았다. 우리의 결혼 약속에 담긴 진실의 주제 — 두 사람이 너무도 짧은 생애 속에서 얼마만큼이나 서로에게 행복을 줄 수 있는가? 저항할 수 없는 운명을 앞에 두고 조용히 머리를 숙인 채로 서로가 마음과 마음을, 그리고 몸과 몸을 따뜻이 감싸며 나란히 서 있는 젊은 남녀의 모습 — 쓸쓸하지만 한편으로는 어느 한구석에 즐거움을 남겨 둔 우리의 모습이 나에게는 똑똑히 보였다. 그것 외에 지금의 내가 무엇을 그려 낼 수 있겠는가?…

나는 끝없이 펼쳐진 산기슭을 따라 노랗게 물든 낙엽송 숲을 지나서 평소와 같이 바쁜 걸음을 재촉하여 요양원으로 돌아왔다. 요양원 뒤편의 숲 끝자락에 다다르자 머리 위로 햇빛을 비스듬히 받으며 키가 큰 여인이 한 사람 서 있었다. 나는 잠시 발걸음을 멈추었다. 아무래도 세쓰코일 것 같았다. 그러나 그런 곳에 혼자 서 있는 것이 진정 그녀인지 아무래도 자신할 수 없었다. 나는 좀 더 빠른 걸음으로 걸었다. 가까이 다가서자 그녀는 역시 세쓰코였다.

"왜 여기 나와 있는 거지?" 나는 그녀에게 종종걸음으로 다가가서 거친 숨을 내쉬면서 물었다.

"여기서 당신을 기다려 보고 싶었어요." 그녀는 약간 얼굴을 붉히고 웃으면서 말했다.

"함부로 이러면 안 된다는 걸 알고 있을 텐데." 나는 그녀를 옆에서 보며 말했다.

"딱 한 번인데요, 뭘. ⋯오늘은 기분이 너무 좋은걸요." 그녀는 애써 명랑한 목소리로 말하며 내가 지나온 산기슭 쪽을 찬찬히 살피는 것이었다. "당신이 이쪽으로 오시는 모습이 아주 멀리서부터 보였어요."

나는 아무 말도 하지 않고 그녀 옆에 서서 같은 방향을 바라보았다.

그녀는 다시 쾌활하게 말했다. "여기서는 야쓰가타케가 정말 잘 보이네요."

"그럼"이라고 나는 건성으로 대답했으나 그녀와 똑같이 어깨를 나란히 하고 산 쪽을 보고 있으려니 갑자기 나 자신 알 수 없는 어떤 혼란을 느꼈다. "이렇게 너와 저 산을 함께 보는 것은 오늘이 처음이군. 그렇지만 나는 우리가 지금까지 여러 번 저 산을 같이 본 적이 있는 듯한 생각이 들어."

"그럴 리가 없잖아요."

"아니, 그런 생각이 들어. ⋯나는 지금에야 깨달았어. ⋯

우리들은 말이지 지난번에 이 산을 반대편에서 이렇게 같이 보고 있었어. 아니 세쓰코와 같이 보았던 여름에는 언제나 구름이 가로막고 있어서 아무것도 보이지 않았다고 하는 게 옳을지도 모르지. …하지만 가을이 되어 나 혼자 가 보니까 저 멀리 보이는 지평선 끝에서 이 산이 지금과는 반대편에서 보이는 거야. 어떤 산인지도 몰랐던 그때의 먼 산이 지금 우리가 보고 있는 산이 틀림없어. 방향으로 보면 분명해. …세쓰코, 갈대숲이 무성하던 그때 그 들판 생각나?"

"그럼요"

"기묘하군. 지금은 그 산의 기슭에서 이렇게 세쓰코와 아무것도 모른 채 살고 있다니 말이야…." 꼭 2년 전 가을이 끝나 갈 무렵의 어느 날 눈앞에 펼쳐진 드넓은 갈대밭 사이로 처음으로 모습을 드러낸 이 산봉우리들을 멀리에서 바라보며 거의 슬픔에 가까운 행복의 느낌 속에서 두 사람은 언젠가는 틀림없이 하나가 되리라는 꿈을 꾸던 우리들의 모습이 눈앞에 선명히 되살아났다.

우리는 침묵 속으로 빠져들었다. 우리 머리 위로는 철새떼가 소리 없이 지나가고 있었다. 겹겹이 쌓인 산들을 바라보며 우리는 처음 만났을 때 맛보았던 친근감을 되새기며 어깨를 나란히 하고는 그대로 서 있었다. 우리의 그림자는 풀밭 위에 길게 눕기 시작했으나, 그것이 우리의 자세를 바꾸지는 못했다.

어느새 바람이 조금씩 불기 시작했는지, 우리 뒤의 숲이 갑자기 술렁거리기 시작했다. 나는, "이제 들어가 봐야겠군" 하고 갑자기 그 말이 생각난 사람처럼 말했다.

우리는 낙엽이 쉬지 않고 떨어지는 숲 한가운데로 걸어 들어갔다. 나는 가끔 멈춰 서서는 그녀가 앞장서게 했다. 2년 전 여름, 그녀를 조금이라도 더 자세히 보려는 일념에서 일부러 두세 걸음 그녀를 앞세워 걸으며 숲 속을 거닐던 때의 짧은 단상들이 이내 내 가슴을 가득 채웠다.

11월 2일

밤이면 하나의 등불 아래서 우리는 서로를 마주하였다. 그 등불 아래서 나누는 침묵에도 서로가 익숙해지면 나는 그러한 삶이 가져다주는 행복을 주제로 한 우리의 이야기에 여념이 없었다. 세쓰코는 램프 갓 아래의 어두운 침대에서 사람이 있는지 없는지도 분간하지 못할 정도로 조용히 잠들고 있었다. 이따금씩 내가 세쓰코 쪽으로 얼굴을 돌리면 오랫동안 그랬다는 듯이 나를 바라보고 있을 때가 있다. "이렇게 당신을 바라보고만 있어도 나는 족해요"라는 말을 꼭 하고 싶은 사람처럼 사랑에 넘치는 눈빛으로 나를 보고 있는 것이다. 아아, 그 눈빛이 우리가 소유한 행복에 대해 얼마나 강한 확신을 주었던가! 또한 그 행복을 언어로 표현하고자 그토록 노력하고 있는 나에게 얼마나 많은 용기를 주었던가!

11월 10일

이제 겨울이다. 하늘은 더욱 높아지고 주위의 산들도 더욱 또렷이 보인다. 산봉우리 부분에만 눈구름 같이 생긴 것이 오랜 시간 움직이지 않을 때가 있다. 그런 아침이면 산봉우리에 내리는 눈에 쫓겨 온 듯, 발코니 위에 그다지 본 적이 없는 작은 새들이 가득 모여든다. 그러한 눈구름이 걷히고 나면 하루 정도 산봉우리에 흰색이 그대로 남는 경우가 있다. 그리고 요즈음에는 산봉우리에 쌓이는 눈이 눈에 띄게 많아졌다.

나는 몇 년 전만 해도 이같이 적막한 겨울의 산악지방에서 아름다운 소녀와 단둘이 세상을 완전히 떠나 서로를 가슴 저미도록 사랑하며 살아가는 이야기를 자주 상상의 세계에서 떠올린 것을 생각해 내었다. 나는 유년시절부터 간직했던 감미로운 인생에 대한 무한한 꿈을, 사람들이 공포심을 느낄 정도로 가혹한 자연환경 속에서 온전히 이루어 보고 싶었다. 그리고 그것을 위해서는 무엇보다도 여기에서 보내는 겨울다운 겨울, 적막한 산악지방의 겨울이 아니면 안 되었던 것이다.

새벽, 동이 틀 무렵, 병약한 그 소녀가 아직 잠들어 있을 시간에 나는 살며시 일어나, 산속 오두막에서 눈밭을 향해 기운차게 달려 나간다. 주위의 산들은 새벽의 햇살을 받으며 장밋빛으로 빛나고 있다. 나는 인근 농가에서 막 짜낸 염소젖을 받아 들고 얼어붙을 것 같은 추위 속에서 집으로 돌아온다. 그리고는 손수 난로의 장작불을 지핀다. 곧 장작불이 곽곽 튀는 소리를 내며 타오르면 그 소리를 듣고 소녀가 잠을 깰 즈음에는 나는 시린 손으로, 그렇지만 밝은 마음으로 지금 두 사람이 보내는 산중의 일상을 그대로 글로 옮기고 있다….

오늘 아침 나는 그러한 몇 년 전의 꿈을 되새기고 있었다. 이 세상 어디를 보아도 찾을 수 없을 것 같은 판화를 닮은 겨울 풍경을 눈앞에 떠올리며, 그 통나무로 된 오두막 안의 가구 배치를 이리저리 바꾸어 보기도 하고, 또 그 상상에 대해서 나에게 되물어 보기도 하였다. 이윽고 그러한 배경은 허물어지더니 희미하게 사라져 갔다. 단지 내 눈앞에 남겨

진 것이라고는 그러한 상상의 세계에서 그것만이 이 현실 세계에 보내진 것 같은 희미하게 눈 덮인 산들과 앙상하게 가지만 남은 나무, 그리고 차디찬 공기뿐이었다.

혼자서 먼저 식사를 끝내고 창가로 옮긴 의자에 앉아 그런 생각에 잠겨 있던 나는 그때 겨우 식사를 마친 뒤 그대로 침대 위에 앉은 채로 피로한 기색의 눈을 힘없이 뜨고는 산 쪽을 바라보고 있던 세쓰코를 쳐다보았다. 약간 헝클어진 머리카락에 야윈 얼굴은 여느 때보다 더욱 나의 마음을 아프게 했다.

'내가 간직해 온 꿈 때문에 네가 여기까지 와야 했을까?' 회한에 가까운 마음이 나를 사로잡았다. 나는 마음속으로 그녀에게 말했다. '그런 생각도 미처 하지 못하고 나는 요즈음 소설 집필에만 온 힘을 쏟았군. 여기 이렇게 네 옆에 있을 때에도 지금의 너에 대해서는 조금도 생각하지 않았던 거야. 그리고는 나는 소설을 쓰면서 너를 깊이 생각하고 있는 마음이 내게 있다고 혼자 멋대로 생각한 것이 틀림없어. 나는 내 기분에 사로잡혀, 너를 생각하기보다는 하잘것없는 내 꿈 이야기에만 열중한 거야…….'

그런 나의 심중을 알아차리기라도 했는지 세쓰코는 침대 위에서 아무 표정도 없이 열심히 쳐다보고 있었다. 우리는 언제부터인지는 몰라도 그전에 비해 훨씬 더 강하게 마치 옥죄기라도 하듯 서로를 바라보는 습관을 만들어 가고 있었다.

11월 17일

2, 3일 뒤면 나는 창작노트를 끝낼 수 있을 것이다. 물론 이러한 우리의 생활을 글로 쓰자면 끝이 없을지 모른다. 그럼에도 끝을 맺기 위해서는 어떤 결말을 생각해 내야 하지만, 나 자신 지금처럼 계속되는 생활 안에서 어떠한 결말을 상상할 수 있을 것인가? 아마 결말이란 존재하지 않을 것이다. 그보다는 우리들의 현재의 모습을 있는 그대로 담아 낸다면 그것이 가장 이상적인 결말의 형태가 되지 않을까.

현재 있는 그대로의 모습? …나는 지금 어떤 작품에서 읽은 '행복한 추억만큼 행복을 방해하는 것은 없다'라는 말을 떠올리고 있다. 지금 우리가 서로 나누고 있는 것은 예전에 우리가 서로 나누었던 행복과는 너무나도 다른 그 무엇이다. 그것은 행복을 많이 닮았지만 행복과는 아주 다른, 훨씬 더 아프게 가슴을 저미는 슬픔에 가까운 감정이다. 그러한 진실은 아직 우리 삶의 표면에 완전히 그 모습을 나타내고 있지 않았다. 그럼에도 나는 이야기의 끝부분에서 과연 우리의 행복에 걸맞은 결말의 형태를 발견할 수 있을 것인가? 그것이 무엇인지 알 수는 없지만 나는 우리 인생의 어느 한 부분에 우리의 행복에 적대감을 가지는 그 어떤 것이 숨겨져 있다는 사실을 감지하고 있다. …

나는 마음의 안정을 잃은 채 그런 생각을 하며 병실의 불을 끄고 이미 잠든 세쓰코 옆을 지나 방을 나가려 했다. 그 순간 나는 문득 멈추어 어두운 실내에서 어슴푸레 보이는 그녀의 잠든 얼굴을 지켜보았다. 여위어 깊이 파인 눈 가장자리에서 이따금씩 경련이 일었는데, 나는 그 모습에서 세쓰코가 무엇인가로부터 위협을 받고 있다는 느낌을 떨칠 수가 없었다. 형용할 수 없는 나 자신의 불안이 그런 느낌을 강요한 것에 지나지 않은 것일까?

11월 20일

나는 지금까지 쓴 노트의 내용을 모두 읽어 보았다. 이 정도면 나의 의도가 어느 정도 충족된 내용을 담고 있다고 생각했다.

그러나 그러한 사실과는 별개로 나는 노트를 읽어 내려가는 나 자신의 내부에서 그 스토리의 주제인 우리들의 '행복'을 더 이상 맛볼 수 없는 불안한 존재를 보았다. 그것은 실로 예상 밖의 발견이었다. 그때부터 나의 생각은 스토리를 벗어나기 시작했다. '이 이야기 안에 등장하는 우리는 우리에게 허용된 만큼 삶의 즐거움을 누리면서, 그것만이 우리가 서로에게 행복을 줄 수 있는 유일한 길이라는 것을 굳게 믿고 있다. 적어도 나는 그것 외에 나를 확신하는 방법이 없다고 생각하고 있었다. ― 하지만 우리는 행복의 목표를 너무 높게 잡은 것은 아닐까? 또한 나 자신, 인생의 욕구를 너무 낮추어 생각한 것은 아닐까? 그 때문에 지금 내 마음의 확신이 이렇게도 흔들리고 있는 것은 아닐까?…'

'세쓰코에게 너무 미안해…'. 나는 책상 위에 노트를 내던진 채 생각을 계속했다. '세쓰코는 나 자신 알면서 모르는 체하고 있던 생에 대한 욕구를 무언중에 알아차리고 그러한 나를 자신의 마음 안에서 용서하고 있었음에 틀림없어. 지금 내가 이렇게 괴로운 것은 그 때문이다. 나는 왜 그러한 나의 모습을 끝까지 감출 수가 없었을까? 나는 왜 이다지도 약한 놈이지?…'

나는 불빛이 미치지 않는 곳에 놓인 침대에 누워 아까부터 눈을 가늘게 뜨고 있는 세쓰코를 보자 거의 숨이 막힐 지경이었다. 나는 스탠드 옆을 지나서 천천히 발코니 쪽으로 다가갔다. 달이 조그맣게 떠 있었다. 달빛은 구름이 걸려 있는 산이며 언덕, 그리고 숲의 윤곽을 희미하게 비추고 있었다. 그리고 그 외의 곳은 모두 짙은 청색을 띤 어둠 속에 갇혀 있었다. 그러나 내가 보고 있던 것은 그런 것들이 아니었다. 내가 본 것은 기억 속의 여름날 석양이었다. 그곳에서 우리는 벅찬 가슴으로 상대 안에 있는 자기를 확인하며 우리가 맛보는 지금의 행복을 생의 끝까지 지속시킬 수 있으리라는 생각 속에서 서로를 바라보고 있었다. 나의 마음은 모든 것으로 충만했던 추억 속에서 산이며 언덕이며 숲의 모습을 똑똑히 되새기고 있었다. 그리고 우리 자신이 풍경 속의 일부가 된 듯한 그 순간을 이렇게 몇 번이고 소생시키고 있었다는 것은, 그 풍경들도 어느새 우리 존재의 일부가 되어 있었다는 것을 의미했다. 계절이 바뀌면 같이 그 모습을 바꾸는 풍경의 지금 모습이 우리 눈에 거의 보이지 않는 것이 되어 버릴 정도였다. …

'그때 같은 행복의 순간을 우리가 가지지 못하면 이렇게 같이 살아간다는 것에 무슨 가치가 있는 것일까?'라고 나는 자문하지 않을 수 없었다.

등 뒤에서 가벼운 발걸음 소리가 들렸다. 물론 그것은 세쓰코의 발걸음 소리이다. 하지만 나는 정면을 바라본 채 움직이지 않았다. 그녀도 아무 말 없이 조금 떨어진 곳에 그대로 서 있었다. 그러나 나는 그녀의 숨결을 느낄 정도로 그녀를 가깝게 느끼고 있었다. 이따금씩 찬바람이 발코니 위를 아무 소리도 내지 않고 스쳐 지나갔다. 어디에선가 멀리서 바람이 나무를 휘감는 소리를 내었다.

"무슨 생각을 해요?" 이윽고 그녀가 말문을 열었다.

나는 그녀의 물음에 아무 대답도 하지 않았다. 그리고는 갑자기 그녀 쪽으로 몸을 돌려 애매한 웃음을 지으며,

"내가 무슨 생각을 하고 있는지 알고 있잖아?"라고 되물었다. 그녀는 덫에 걸리는 것을 무서워하는 사람처럼 나를 주의 깊게 바라보았다. 그러한 그녀에게 나는,

"쓰고 있는 소설 생각을 하고 있었어"라고 천천히 말했다. "아무리 노력해도 좋은 결말이 떠오르지 않아. 나는 우리의 삶이 무의미하다는 식으로는 결말짓고 싶지 않아. 어떨까? 세쓰코도 같이 그 결말에 대해 생각해 보면 안 될까?"

그녀는 나에게 미소로 답했다. 그러나 그 미소에서 불안을 감추지 못했다.

"무슨 이야기를 썼는지 내가 알 수가 없는걸요." 그녀는 얼마 후에 작은 목소리로 답했다.

"그건 그렇군." 나는 다시 한 번 애매한 미소를 지으며

답했다. "가까운 시일 내에 세쓰코에게 한 번 읽어 줘야겠군. 하지만 도입부도 아직 누구에게 보일 만큼 완전한 것은 아니라서."

우리는 병실 안으로 들어갔다. 나는 다시 스탠드 옆 의자에 앉았다. 그리고 그곳에 펼쳐져 있는 노트를 다시 한 번 손에 들고 보기 시작했다. 그녀는 내 등 뒤에 선 채로 내 어깨에 가만히 손을 얹고는 노트를 들여다보았다. 나는 뒤돌아보며, "세쓰코, 잘 시간 아냐?"라고 딱딱한 목소리로 말했다.

"네, 잘 시간이에요." 그녀는 바로 대답한 뒤 나의 어깨에 얹은 손을 주저하면서 떼고는 침대에 누웠다.

"잠이 잘 올 것 같지 않아요." 2, 3분 뒤에 그녀는 혼잣말처럼 말했다.

"그럼 불 끌까? …나는 상관없으니까." 나는 불을 끄고 일어선 뒤 그녀에게 다가갔다. 그리고 침대 모서리에 앉으며 그녀의 손을 잡았다. 우리는 잠시 동안 어둠 속에서 아무 말이 없었다.

조금 전보다는 바람이 강해진 것 같았다. 바람은 사방의 숲에서 끊임없이 우는 소리를 내었다. 그리고 가끔씩 요양원 건물을 흔들어 대면서 이곳저곳의 창문을 울렸다. 마지막으로 우리가 있는 병실의 유리창이 바람에 삐걱댔다. 그 소리가 무서웠는지 세쓰코는 잡은 내 손을 좀처럼 놓지 않았다. 그리고 눈을 감은 채로 자신의 내부에서 일어나고 있는 일에 열중하는 듯이 보였다. 그러던 중 그녀의 손이 조금 풀렸다. 아마도 잠자는 시늉을 하는 것 같았다.

"이젠 나도 좀 자볼까…"라고 중얼거리며 그녀와 마찬가지로 좀처럼 잠들지 못할 것 같았지만 깜깜한 내 방문을 열고 들어갔다.

11월 26일

요즈음 나는 동이 틀 무렵에 잠에서 깨는 버릇이 생겼다. 눈을 뜨면 조용히 일어나 세쓰코의 얼굴을 열심히 들여다보곤 한다. 침대 모서리나 약병에 햇살이 비치면서 그곳을 주황색으로 물들이고 있었으나 그녀의 얼굴만은 창백한 채 변함이 없었다. "세쓰코가 너무 불쌍해"라는 말이 입버릇처럼 나도 모르게 입가를 맴돌았다.

오늘 아침에도 역시 동이 틀 무렵에 눈을 뜬 나는 얼마 동안 창백한 세쓰코의 잠든 모습을 보고 있었으나, 곧 발소리를 죽이며 병실을 빠져나온 뒤 나무들이 가지만 앙상하게 남기고 서 있는 요양원 뒤편 숲을 향해 걸었다. 이미 말라 버린 나뭇잎 두세 장만이 그대로 남아 바람에 힘없이 흔들리고 있었다. 내가 그러한 공허한 모습의 숲을 거의 빠져 나오자 야쓰가타케 정상 위로 이제 막 떠오른 태양이 남쪽에서 서쪽으로 이어지는 산봉우리들 위로 나지막하게 드리워진 구름을 비추더니 이내 붉게 물들이고 있었다. 그러나 그러한 새벽빛도 아직 지상을 비추지는 않았다. 그러한 산과 산 사이로 보이는 황량한 숲과 밭들, 그리고 황무지는 지상의 모두에게 버림받은 것처럼 그곳에 있었다.

나는 그 나목의 숲 가장자리를 이리저리 거닐고 있었다. 추위 때문에 나도 모르게 이따금 멈춰 서서 발을 구르지 않으면 안 되었다. 이런저런 부질없는 생각에 잠겨 있다가 문득 고개를 들어 보니 하늘은 언제부터인지 빛을 잃고 검은 구름으로 뒤덮여 있었다. 그 모습을 본 나는 조금 전까지 그렇게 아름답게 주위를 물들이고 있었던 새벽빛이 지상을 비춰 주기만을 기다린 사람처럼 갑자기 흥미를 잃은 표정을 하고는 빠른 걸음으로 요양원을 향해 발길을 돌렸다.

세쓰코는 잠에서 깨어 있었다. 그러나 산책에서 돌아온 나를 보고도 단지 우울한 눈초리를 보낼 뿐이었다. 그리고 아까 잠들어 있을 때에 비해 한층 더 창백한 얼굴이었다. 내가 머리맡으로 다가가 머리카락을 만지며 그녀의 이마에 입맞춤을 하려 하자 그녀는 힘없이 고개를 좌우로 흔들었다. 나는 아무것도 묻지 않고 슬픈 얼굴로 그녀를 보았다. 그러나 그녀는 나라는 사람이 아닌, 나의 슬픔을 보지 않으려는 사람처럼 초점 잃은 눈빛으로 공중을 쳐다보고 있었다.

밤.
아무것도 모르는 사람은 나 혼자뿐이었다. 오전의 진찰이 끝나자 수간호사가 나를 복도로 불러내었다. 나는 그곳에서 세쓰코가 오늘 아침 내가 없을 때 적은 양의 각혈을 했다는 사실을 들었다. 그녀는 나에게 그 이야기를 하지 않은 것이다. 각혈 자체는 그리 위험한 정도는 아니지만 만일을 대비하여 얼마 동안은 간호사 한 사람이 세쓰코 옆을 떠나지 말라는 의사의 지시가 있었다는 사실도 알게 되었다. ─나는 의사의 지시를 따를 수밖에 없었다.

나는 위험이 사라질 때까지 마침 비어 있는 옆 병실로 옮기기로 했다. 나는 지금 우리가 같이 지내던 방과 전혀 다를 바 없지만 너무나 낯설어 보이는 그 방 안에서 홀로 이 일기를 적고 있다. 몇 시간 전부터 앉아 있는 이 방이 어쩐지 아직 공허한 느낌이 든다. 방 안에 아무도 없는 것처럼 조명조차도 차디찬 느낌이다.

11월 28일

나는 거의 완성에 가까운 창작노트를 책상 위에 펼쳐 놓은 채로 아무것도 하지 않고 있다. 소설을 끝내기 위해서라도 당분간은 따로 지내는 것이 좋을 것 같다는 의미의 말을 세쓰코에게 암시적으로 해두었다.

그러나 소설에서 표현한 우리들의 행복 속으로, 지금 같은 불안을 가슴에 안고 나 혼자서 들어갈 수는 없는 것 아닌가?

나는 매일 두세 시간의 간격을 두고 세쓰코의 머리맡에 잠시 앉는다. 그러나 그녀는 말을 하는 것이 제일 위험하므로 거의 아무 말 없이 있는 경우가 많다. 간호사가 자리를 비울 때에도 아무 말 없이 손을 잡은 채로 서로의 시선을 피하고 있었다.

그러나 어쩌다 서로의 눈길이 마주치면 그녀는 우리가 처음 만났을 때처럼 조금 겸연쩍은 미소를 나에게 보낸다. 그러고는 곧 시선을 위로 향한다. 그럴 때의 그녀는 그러한 처지의 자기 자신에 대해 조금도 불만을 느끼지 않는 듯이 가만히 누워 있다. 그녀는 꼭 한 번 나에게 소설이 잘 되어가는지 물었다. 나는 고개를 옆으로 저었다. 그때 그녀는 걱정스런 눈초리로 나를 보았다. 하지만 그 이후로는 그런 질문을 하지 않았다. 매일 매일이 아무런 변화 없이 정적 속에서 흘러가고 있다.

그녀는 내가 그녀 대신 아버지에게 편지를 쓰는 것조차 못하게 하고 있다.

밤이 되면 나는 늦게까지 할 일 없이 책상에 앉아서 발코니를 비추는 불빛이 창문에서 멀어지며 점점 희미해져 가다가 주위가 어두움에 휩싸이는 모습을 마치 자신의 마음 속을 들여다보는 기분으로 멍청히 바라보고 있다. 어쩌면 세쓰코도 잠을 이루지 못하고 나의 모습을 떠올리고 있을지 모른다고 생각하면서….

12월 1일
요즈음 들어 어찌된 일인지 내 방의 불빛을 사모하듯 몰려드는 나방의 숫자가 많이 늘었다.

밤이 되면 나방들이 어디에서인지 날아들어 꼭 닫힌 창문에 강하게 몸을 부딪치고는 그 충격으로 몸을 가누지 못하면서도 생에 대한 미련을 버리지 못하고 필사적으로 유리창에 구멍을 내려고 몸부림을 친다. 내가 나방을 쫓아내기 위해서 불을 끄고 침대에 누워도 얼마 동안은 미친 듯이 날갯짓을 해대지만 그 힘도 서서히 약해지는지 마지막에는 어느 한구석에 달라붙어 꼼짝하지 않는다. 다음 날 아침이면 나는 어김없이 창문 아래에 마치 고엽 같이 죽어 있는 나방을 보게 된다.

오늘 밤에도 그런 나방 한 마리가 결국 방 안에까지 날아들어 내 앞에 놓인 램프 주위를 미친 듯이 빙글빙글 돌더니 얼마 안 있어 툭 하는 소리를 내며 원고지 위에 떨어진다. 그리고 계속해서 꼼짝도 하지 않는다. 그러다가도 자기가 살아 있었다는 사실을 생각이라도 해낸 듯이 갑자기 날아오른다. 나방도 자기 자신이 왜 그러고 있는지 모르는 듯한 모습이다. 그러다가 또 나의 원고지 위에 툭 하는 소리를 내며 떨어진다.

나는 알 수 없는 공포심에 휩싸여 그 나방을 내쫓으려 하지도 않고, 오히려 아무런 관심도 없는 사람처럼 원고지 위에서 죽도록 그냥 내버려 둔다.

12월 5일

저녁 무렵 우리는 단둘이 있었다. 간호사는 방금 전에 식사하러 가서 그곳에 없었다. 태양은 이미 서산 너머로 기울고 있었다. 햇빛이 비스듬히 들어오더니 조금씩 냉기가 돌던 방 안이 갑자기 밝아졌다. 나는 세쓰코의 머리맡에서 히터 위에 두 다리를 올리고는 손에 들고 있던 책을 읽으려고 등을 구부리고 있었다. 그때 세쓰코가 불현듯,

"어머, 아버지예요"라고 낮은 목소리로 외쳤다.

나는 깜짝 놀라 그녀를 쳐다보았다. 나는 그녀의 눈빛이 여느 때와는 다르게 반짝이는 것을 보았다. ─그러나 나는 짐짓 그녀의 외침을 알아듣지 못한 듯,

"지금 무슨 말을 했나?"라고 물었다.

그녀는 잠시 아무 말이 없었으나 그녀의 두 눈은 더욱 반짝이고 있었다.

"저기 낮은 산이 보이죠? 저 산 왼쪽 끝부분에 햇빛이 조금 든 곳이 보이나요?" 그녀는 이윽고 결심한 듯 침대 위에서 손가락으로 그쪽 방면을 가리켰다. 그리고 잘 나오지 않는 말을 무리하게 꺼내듯이 손가락 끝을 입술 위로 가져가면서, "이 시간이 되면 저곳에 아버지의 옆모습을 쏙 빼닮은 그림자가 생겨요. 저것 보세요 지금 저 그림자, 아버지와 똑같지 않아요?"

그 나지막한 산이 그녀가 말하고 있는 산이라는 사실은 손가락 끝을 따라가면 금방 알 수 있었다. 다만 그녀의 손가

락이 가리키는 곳은 내 눈에는 햇빛을 비스듬히 받으며 자신의 모습을 명료하게 그려 내는 산의 비탈면으로밖에는 보이지 않았다.

"아, 이제 없어지네요…. 아아, 아직 이마 부분이 조금 남아 있어요…."

그제야 나는 산비탈 위에서 그녀 아버지의 얼굴과 비슷한 그림자를 알아볼 수 있었다. 그 그림자는 나에게도 뚜렷한 윤곽을 가진 그의 이마를 연상시켰다. '저런 그림자를 보면서 세쓰코는 지금 온몸으로 아버지를 느끼고 있는 거야. 아버지를 찾고 있는 거야….'

그러나 다음 순간 어둠이 그 산을 완전히 덮어 버렸다. 그리고 모든 그림자가 사라졌다. "세쓰코, 집에 가고 싶지?" 나의 마음속에 떠오른 그 한 마디가 거침없이 나왔다.

그리고 나는 불안한 마음을 감추지 못하면서 그녀의 눈길을 기다렸다. 그녀는 무표정한 눈길로 나를 쳐다보고 있었으나, 갑자기 그 눈을 거두며,

"네, 그래요. 왠지 집으로 돌아가고 싶어요"라고 희미하게 꺼질 듯한 목소리로 대답했다.

나는 입술을 굳게 닫았다. 그리고 소리를 죽이면서 침대 곁을 떠나 창가로 발걸음을 옮겼다.

그녀가 등 뒤에서 떨리는 목소리로 말했다. "미안해요 … 하지만 잠시뿐이에요 …그런 마음 곧 사라지게 되겠죠…."

나는 창문 앞에서 팔짱을 낀 채 말없이 그대로 서 있었다. 산기슭에는 벌써 어둠이 내리고 있었다. 그러나 산 정상 부분에는 아직 희미한 노을빛이 떠돌고 있었다. 돌연 목을 죄는 듯한 공포심이 엄습해 왔다. 나는 순간적으로 세쓰코 쪽을 향했다. 그녀는 양손으로 얼굴을 덮고 있었다. 갑자기 모든 것이 우리 곁에서 사라질 것 같은 불안에 떨며 나는 침대로 달려갔다. 그리고 그녀의 양손을 얼굴에서 억지로 떼어 놓았다. 그녀는 저항하지 않았다.

조금 튀어나온 이마, 정적을 깊이 간직한 듯한 눈, 굳게 다문 입술, ― 모든 것이 평소 때의 세쓰코 그대로였다. 아니 평소 때보다 더욱 숭고한 모습이었다. 나는 평상심을 잃고 혼자서 공포에 떤 자신의 유치함에 부끄러움을 느꼈다. 나는 갑자기 힘이 빠진 사람처럼 털썩 무릎을 꿇고 침대 끝에 얼굴을 묻었다. 그리고 언제까지나 얼굴을 들지 않았다. 내 머리카락을 부드럽게 쓰다듬는 세쓰코의 손길에 몸을 맡긴 채….

어둠이 병실 안까지 밀려들어 왔다.

죽음의 계곡 아래서

1936년 12월 1일 K⋯마을에서

　　3년 만에 찾은 마을은 온통 눈으로 덮여 있었다. 일주일 전부터 내리기 시작한 눈은 오늘 아침이 되어서야 겨우 멎었다고 했다. 식사 시중을 들어 주기로 한 마을 처녀와 그녀의 남동생이, 동생의 작은 썰매에 내 짐을 싣고 겨울 동안 내가 지내기로 한 작은 산장까지 데려다 주었다. 썰매 뒤를 따라가던 나는 도중에 몇 번이나 미끄러져 넘어질 뻔했다. 계곡 아래 내린 눈이 꽁꽁 얼어붙었기 때문이었다.⋯

내가 빌리기로 한 산장은 마을에서 조금 북쪽으로 들어간 곳의 작은 계곡 안에 있었다. 근처에는 오래전부터 서양인을 위한 별장이 여기저기 들어서 있었다. —나는 그 별장 지대의 맨 끝에 있는 산장을 빌리기로 하였다. 여름을 보내려 그곳을 찾는 서양인들은 계곡의 이름을 '행복의 계곡'이라 붙였다고 한다. 사람의 왕래가 거의 없는 적막한 계곡의 이름이 왜 '행복의 계곡'일까? 나는 눈에 덮여 홀로 버려진 듯한 별장을 하나하나 지나치면서 두 사람 뒤를 천천히 따라갔다. 문득 행복이라는 말과는 정반대되는 계곡의 이름이 나의 입가를 맴돌았다. 처음에는 그 이름에 대해 주저하는 마음이 앞섰으나, 이내 마음을 바꾸어 소리 내어 말해 보았다. '죽음의 그림자가 머무는 계곡', …그래, 그렇게 부르는 편이 훨씬 더 어울려. 적어도 한겨울을 이런 곳에서 쓸쓸히 홀아비 같은 날들을 보내려 하는 나에게는. —그런 생각을 하다보니 어느새 빌리기로 한 산장에 도착하였다. 산장은 생색이라도 내려는 듯 작은 베란다가 달려 있었고, 지붕은 나무껍질로 덮여 있었다. 집 주위를 뒤덮은 눈 위로는 정체를 알 수 없는 발자국이 이리저리 흩어져 있었다. 마을 처녀가 닫힌 문을 열고 먼저 집 안에 들어가서 창문을 여는 동안 어린 남동생이 이것은 토끼, 그리고 이것은 다람쥐, 그리고 이것은 꿩, 하면서 발자국의 주인을 일일이 가르쳐 주었다.

　나는 눈으로 반쯤 덮인 베란다에 서서 주위를 둘러보았다. 우리가 조금 전에 걸어 올라온 곳은 베란다에서 바라보니 아주 작고 예쁘게 생긴 계곡의 일부분이었다. 방금 썰매를 타고 혼자서 먼저 산을 내려간 남동생의 모습이 나목 사이로 보였다가 사라지곤 했다. 그 작고 귀여운 모습이 산 맨 아래쪽 숲 속으로 완전히 모습을 감출 때까지 나는 눈을 떼지 못하고 있었다. 내가 계곡 일대의 풍경을 한 바퀴 둘러보는 동안 집 안 정리가 어느 정도 끝나 가고서야 나는 비로소 집 안에 들어가 보았다. 바닥과 벽을 모두 삼나무 껍질로 둘렀고 천장에도 아무런 장식이 없었다. 생각보다 공을 들인 흔적은 없었으나 그렇다고 나쁜 느낌을 주는 실내는 아니었다. 곧장 2층에도 올라가 보았다. 침대며 의자 등이 모두 2인용이었다. 마치 세쓰코와 나, 두 사람을 위한 것 같았다. ─생각해 보니 이런 작은 산장에서 세쓰코와 단둘이 보내는 고독한 삶을 나는 얼마나 오랫동안 꿈꾸어 왔던가!…

　저녁 때, 나는 식사 준비를 끝낸 마을 처녀를 집으로 돌려보냈다. 그리고 커다란 테이블을 난로 옆에 옮겨 놓고, 그곳에서 글도 쓰고 식사도 하기로 했다. 그때 언뜻 위를 보니 머리 위에 걸려 있는 달력이 아직 9월인 채로 있었다. 나는 일어나 달력을 한 장 뜯어내고 오늘 날짜에 표시를 한 뒤 이 노트를 펼쳤다. 실로 1년 만의 일이다.

12월 2일

　북쪽에 있는 산 위 어딘가에서는 눈과 바람이 끊이지 않는 것 같다. 어제는 손 안에 들어올 것 같이 똑똑히 보이던 아사마 산도 오늘은 구름으로 뒤덮여 산속은 궂은 날씨가 이어졌다. 그 때문에 산기슭에 있는 마을에는 가끔 햇살이 비치기는 해도 눈발이 계속 날리고 있었다. 어쩌다 눈발이 계곡 위쪽으로 날리기라도 하면 계곡 반대편으로 보이는, 남쪽으로 몇 리나 이어지는 연봉 근처로 푸른 하늘이 또렷이 얼굴을 내밀 때가 있다. 그럴 때면 계곡 전체에 그늘이 지면서 또 한바탕 맹렬하게 눈과 바람이 들이친다. 그러다가도 이내 활짝 개어 햇살이 비쳤다. …

　나는 그렇게 끊임없이 변하는 계곡의 모습을 창가에 서서 잠시 바라보고는 곧장 난로로 되돌아오기를 반복했다. 그 때문이었을까? 나는 왠지 마음의 안정을 잃은 채 하루를 보내야 했다. 정오경 마을 처녀가 보따리를 짊어진 채 버선발로 눈을 맞으며 올라왔다. 그녀는 추위 때문에 손이며 얼굴에 동상이 생겼는지 발갛게 달아오른 모습이었다. 심지가 곧은 사람인 것 같았다. 그리고 무엇보다도 과묵한 것이 마음에 들었다. 오늘도 어제처럼 식사 준비가 끝나는 대로 돌려보냈다. 마을 처녀가 집으로 돌아간 뒤 나는 그것으로 하루를 끝낸 사람처럼 아무 일도 하지 않고 제멋대로 불어 대는 바람을 맞아 장작불이 탁탁 튀는 소리를 내며 타오르는 모습을 멍하게 지켜보았다.

곧 밤이 찾아왔다. 혼자서 식어 버린 저녁식사를 끝내고 나니 마음도 조금은 가라앉았다. 눈은 더 이상 내리지 않고 그친 듯했으나 그 대신 바람이 강하게 불기 시작했다. 불기운이 조금이라도 약해져서 타오르는 소리가 줄어들면 그 사이에 계곡 바깥 쪽에서 바람이 나목의 숲을 휘감으며 내는 소리가 갑자기 내가 머무는 산장 가까이에서 들리곤 했다.

그리고 한 시간쯤 지났을까. 나는 오랜만에 쬐어 본 난롯불 때문에 더워진 몸을 식힐 겸 산장을 나왔다. 그리고 얼마 동안 깜깜한 밖을 걸어 보았다. 시간이 지나고 얼굴에 한기를 느낄 때쯤 다시 산장으로 들어가려던 나는 그때 처음으로 안에서 흘러나오는 불빛을 통해 가는 눈발이 아직도 하늘에 날리고 있는 광경을 보았다. 안으로 들어간 나는 젖은 몸을 말리기 위해서 다시 난로 옆으로 다가갔다. 그러나 그렇게 불을 쬐고 있던 나는 어느샌가 몸을 말리고 있다는 사실도 잊은 채 하나의 추억을 내 안에서 되살리고 있었다. 작년 이맘때 나와 세쓰코가 있었던 산속 요양원 주위로 오늘 밤과 같이 눈발이 날리던 깊은 밤이었다. 나는 몇 번이고 요양원 현관에 나와서 내 전보를 받은 세쓰코의 아버지가 도착하기를 초조히 기다리고 있었다. 그는 한밤중이 되어서야 도착했다. 그러나 세쓰코는 황급히 달려온 아버지를 잠깐 쳐다볼 뿐 미소다운 미소도 제대로 짓지 않았다. 그는 아무 말도 없이 쇠약할 대로 쇠약해진 딸의 얼굴을 응시할 뿐이었다. 그리고 이따금씩 내 얼굴을 보며 불안을 감추지 못했다. 그러나 나는 그의 눈길을 짐짓 모르는 체하면서 세쓰코의 얼굴만 건성으로 바라보고 있었다. 그러던 중 갑자기 세쓰코가 입안에서 무슨 말인가 한 것 같아 그녀 곁으로 다가가자 겨우 들릴까 말까 할 정도의 작은 목소리로, "당신 머리카락에 눈이 내렸어요…"라고 하는 말이 들렸다. —오늘 밤 이렇게 혼자 난롯불 옆에 웅크리고 앉아서 문득 그런 추억을 떠올리고 있으려니, 나도 모르게 손이 머리 위로 갔다. 물기를 머금은 머리카락이 차게 느껴졌다. 그때까지 나는 차가움을 전혀 느끼지 못하고 있었던 것이다.

12월 5일

요새 며칠 동안 더할 나위 없이 좋은 날씨가 계속되고 있다. 오전중으로는 베란다 가득 햇빛이 들면서 바람도 불지 않는 것이 너무나 따뜻하다. 오늘 아침에는 베란다에 작은 탁자와 의자를 옮겨 놓고 아직 눈으로 덮여 있는 계곡을 바라보면서 아침을 먹었다. 이렇게 혼자서 평안을 차지하고 있는 것이 아깝다는 생각이 들었다. 그런 생각에 잠겨 아침 식사를 하는 사이, 바로 눈앞에 있는 나목 근처에 나도 모르는 사이에 꿩이 날아와 앉아 있었다. 그것도 두 마리였다. 꿩은 눈 속에 파묻힌 먹이를 쪼아 먹으며 어슬렁어슬렁 걷고 있었다.

"잠깐 여기 좀 와 봐, 꿩이야."

나는 마치 세쓰코가 집 안에 있는 것처럼 작은 목소리로 그런 말을 하면서 숨을 죽이면서 꿩을 바라보았다. 세쓰코가 혹시라도 발자국 소리를 내지나 않을까 하는 걱정까지 해 가면서….

그 순간 우르르 하는 소리가 온 계곡에 울려 퍼지면서 어딘가 다른 산장의 지붕 위에 쌓여 있던 눈이 쏟아져 내렸다. 나는 깜짝 놀라 두 마리의 꿩이 내 발밑에서 하늘을 향해 날아오르는 모습을 넋을 잃고 바라보고 있었다. 그와 동시에 나는, 그럴 때 언제나 그랬듯이 아무 말도 하지 않고 오직 두 눈만 크게 뜨고 나를 가만히 응시하고 있는 세쓰코를 바로 내 곁에서 생생하게 느끼고 있었다.

오후가 되어 나는 처음으로 산장을 내려와 눈 속에 묻힌 마을을 한 바퀴 돌아 보았다. 여름과 가을 두 계절 이외의 마을 모습을 알 수 없는 나로서는 지금 눈앞에 펼쳐진 눈 속의 숲이며 길, 아니면 문을 굳게 걸어 잠근 산장의 모습들을 기억 속에서 더듬어 보았으나 예전의 모습을 떠올릴 수는 없었다. 내가 즐겨 거닐었던 '물레방아길'을 따라 언제 세워졌는지 작은 성당이 새로이 자리 잡고 있었다. 나무로 지어진 그 아름다운 성당은 눈 덮인 뾰족 지붕 아래로 벽의 판자가 벌써 조금씩 검게 변색되고 있었다. 그 때문에 나는 그 일대의 풍경이 낯설게 느껴졌다. 나는 세쓰코와 나란히 걷곤 했던 숲 속으로, 아직 높게 쌓인 눈을 헤치면서 들어가 보았다. 조금 걷다 보니 내 기억 속에 희미하게 남아 있는 전나무 한 그루가 눈에 띄었다. 조금씩 다가가 보니, 나무 안에서 날카로운 새의 울음소리가 들려왔다. 내가 나무 앞에 멈추어 서자 지금까지 한 번도 본 적이 없는 푸른빛을 띤 새 한 마리가 놀란 듯 날개를 퍼덕이며 날아올라 곧장 다른 나뭇가지 위에 앉았다. 새는 나를 쫓아 버리기라도 할 듯이 또다시 울음소리를 내었다. 나는 하는 수 없이 전나무 앞을 떠나야 했다.

12월 7일

나는 집회소 옆에 있는 활엽수 숲 속에서 갑자기 소쩍새가 두 번 정도 울어 대는 소리를 들은 듯하였다. 그 울음소리는 아주 먼 곳에서 들린 것 같기도 하였고, 아주 가까운 곳에서 들린 것 같기도 하였다. 나는 근처의 숲 속이며 나뭇가지 위를 쳐다보았으나 더 이상 새의 울음소리는 들리지 않았다.

역시 내가 잘못 들은 것은 아닐까라는 생각이 들었다. 하지만 그 생각보다 먼저 주위의 숲이며 나무며 하늘의 모습이 여름에 보았던 정겨운 모습을 완전히 되찾은 채로 나의 뇌리에 생생히 살아났다. …

그러나 나는 그와 동시에 3년 전의 여름이 간직하고 있던 모든 것을 잃어, 더 이상 나에겐 아무것도 남아 있지 않다는 사실을 뼈저리게 깨달아야 했다.

12월 10일

요 며칠간 무슨 이유에서인지 세쓰코의 모습을 떠올릴 수가 없다. 그리고 요즘 같은 고독 속의 삶을 견디기 힘들어 하는 나 자신의 모습을 보곤 한다. 아침이면 난로에 넣은 장작에 불이 잘 붙지 않아, 나는 결국 초조감을 이기지 못하고 장작개비를 이리저리 휘저어 보기도 한다. 그럴 때마다 나는 문득 걱정스러운 눈빛으로 나를 바라보고 있는 세쓰코의 존재를 느낀다. —나는 그제야 마음을 가라앉히고 장작개비를 가지런히 정리한다.

오후가 되어 어쩌다 마을까지 산책이라도 하려고 계곡 비탈길을 내려가면, 눈이 녹아 질퍽해진 길 때문에 구두는 이내 진흙 범벅이 되어 버린다. 나는 걷기가 불편해져 대개는 도중에 산책을 포기하고 산장으로 되돌아온다. 아직 눈이 얼어붙어 있는 계곡에 접어들면 나도 모르게 안도의 한숨을 내쉬지만, 그때부터는 산장까지 이어지는 오르막길을 힘들게 숨을 내쉬면서 가야 한다. '나 비록 죽음의 계곡을 걸을지라도 환난을 두려워하지 않을지어다. 야훼께서 나와 함께하심이로다…'라는 희미한 기억 속의 시편 구절을 떠올리며 스스로 되새겨 보기도 하지만, 그런 구절도 결국 나에게는 공허하게 느껴질 뿐이었다.

12월 12일

저녁 무렵이었다. '물레방아길'을 따라 지난번에 보았던 작은 성당 앞을 지나려니 성당에서 일하는 남자가 눈 녹은 흙탕길 위로 열심히 석탄재를 뿌리고 있었다. 나는 그 남자 옆으로 다가가, 겨울 동안에도 내내 성당 문을 열어 두는지 넌지시 물어보았다.

"올해는 2, 3일 후면 닫을 겁니다"라고 그 남자는 석탄재 뿌리는 손을 잠시 멈추고 나에게 말했다. "작년에는 겨울 내내 성당 문을 열어 두었습니다만, 올해는 신부님께서 마쓰모토(松本)에 가 계시기 때문에…."

"추운 겨울에도 신자 분들이 오시나요?" 나는 조금 무례한 질문을 했다.

"거의 안 오시죠.…대개 신부님 혼자서 미사 집전을 하십니다."

우리가 선 채로 그런 이야기를 주고받고 있을 때, 마침 그곳의 독일인 신부가 외출에서 돌아왔다. 나는 일본어가 아직 능숙하지 않지만 친숙한 느낌을 주는 그 신부에게 몇 마디 질문을 했다. 하지만 신부는 무엇을 잘못 들었는지, 내일의 주일미사에는 꼭 오라는 말을 몇 번이고 반복하는 것이었다.

12월 13일, 일요일

아침 9시경, 나는 별 생각 없이 성당으로 향했다. 작은 촛불을 밝힌 제대 앞에서 신부가 부제와 함께 미사를 시작하고 있었다. 신자가 아닌 나는 무엇을 어떻게 해야 할지 몰랐다. 단지 소리를 내지 않도록 주의하면서 짚을 엮어서 만든 가장 뒷자리의 의자에 조용히 걸터앉았다. 어두침침한 성당 내부가 서서히 눈에 들어오자 그때까지 아무도 없는 줄 알았던 신자석 맨 앞 줄의 기둥 바로 옆자리에 검은 복장을 한 중년 부인이 웅크리고 있는 모습을 볼 수 있었다. 그리고 그 부인이 계속해서 무릎을 꿇고 있었다는 사실을 알게 된 나는 갑자기 성당 안의 싸늘한 기운을 온몸으로 느낄 수 있었다. …

그로부터 한 시간 가량 미사가 진행되었다. 미사가 끝나갈 무렵 나는 그 부인이 언뜻 손수건을 꺼내 얼굴에 대는 것을 보았다. 그러나 그 행동이 무엇을 의미하는지 나는 몰랐다. 조금 후에 미사가 완전히 끝나고 신부는 신자석을 향해 등을 돌린 채로 제단 옆에 있는 부속실 안으로 잠시 사라졌다. 부인은 미사가 끝난 후에도 자리에서 움직이지 않았다. 나는 조용히 성당 안을 빠져나왔다.

옅은 구름이 하늘을 덮고 있었다. 성당에서 나온 나는 왠지 공허한 마음에 눈이 녹아내린 마을을 정처 없이 걸었다. 세쓰코와 함께 그림을 그리러 간 들판에도 가보았다. 들판 한가운데 자작나무 한 그루가 우뚝 솟아 있었다. 나는 옛 생각에 잠겨, 그루터기에 아직 눈이 녹지 않고 있는 그 자작나무에 손을 대어 보았다. 손가락 끝이 시려 올 때까지 그대로 서 있었다. 하지만 나는 그때의 세쓰코 모습을 떠올릴 수 없었다. 나는 하는 수 없이 그곳을 떠나 형용할 수 없는 고독을 느끼며 나목 사이를 지나 계곡을 따라 산장으로 돌아왔다.

…나는 숨을 거세게 내쉬며 나도 모르는 사이에 베란다 바닥에 앉아 있었다. 그때 나의 답답한 마음 사이로 세쓰코의 존재가 다가오는 것이 느껴졌다. 하지만 나는 그런 감정을 무시하고 턱을 괴고 멍한 눈을 뜨고 있었다. 그러나 한편으로는 내 곁에 다가온 세쓰코를 어느 때보다도 생생하게—마치 그녀가 내 어깨 위에 손을 얹고 있다는 느낌이 들 정도로 생생하게 느끼고 있었다.…

"식사 하실 시간이에요"

산장 안에서 아까부터 내가 돌아오기를 기다리고 있던 마을 처녀가 나에게 식사시간을 알렸다. 그 말에 꿈의 세계에서 빠져나온 나는 잠시만이라도 더 그 세계 속에 머물고 싶었지만, 어쩔 수 없이 불만스러운 표정을 한 채 안으로 들어갔다. 그리고 마을 처녀에게는 한 마디 말도 건네지 않고 혼자 식사를 시작했다.

저녁 무렵, 나는 무슨 까닭인지 그때까지도 마음의 안정을 되찾지 못하였다. 나는 그대로 마을 처녀를 돌려보냈으나, 시간이 조금 흐르자 그러한 행동에 대해 후회하는 마음이 일었다. 나는 할 일 없이 다시 한 번 베란다로 나가 보았다. 그리고 마을 아까처럼 (그러나 지금은 세쓰코를 느끼지 못하면서…) 눈에 초점을 잃은 채 아직 눈이 녹지 않은 계곡 쪽을 바라보았다. 그러자 어떤 사람이 계곡 전체를 두리번거리며 나목 사이를 빠져나와서는 이쪽을 향해 오는 것이 눈에 들어왔다. 어느 산장을 찾아온 것인지 궁금해 하며 계속 보고 있었더니, 그 사람은 바로 나를 찾아온 신부였다.

12월 14일

어제저녁 신부와 한 약속을 지키려고 나는 성당을 찾았다. 신부는 내일이면 성당 문을 닫고 마쓰모토로 떠나야 한다고 말했다. 그는 나와 이야기를 하면서도 이따금씩 짐을 꾸리고 있는 남자에게 어떤 지시를 하기 위하여 자리를 뜨곤 했다. 그리고 어떤 사람을 신앙으로 이끌려 하는 참에 이곳을 떠나야 한다는 사실이 너무 가슴 아프다고 몇 번이나 말했다. 나는 곧 어제 성당에서 본 독일인 같이 생긴 중년 부인을 기억에 떠올렸다. 그리고 그 부인에 대해서 신부에게 물어보려 했으나 그때 문득 어쩌면 신부가 착각하여 나를 입교시키려 하고 있는 것이 아닌가 하는 생각이 들었다. …

기묘하게 엇갈린 우리의 대화는 그 이후로 점점 짧아져 갔다. 마침내 우리는 말문을 닫고 달아오른 난로 옆에서 창문 너머로 눈송이가 이따금씩 흩날리는 것을 보고 있었다. 바람은 세게 불었지만 하늘은 겨울답게 맑게 개어 있었다.

"이렇게 아름다운 하늘은 오늘 같이 바람이 강하고 추운 날이 아니면 결코 볼 수가 없을 겁니다." 신부는 짐짓 태연하게 말했다.

"맞습니다. 오늘 같이 바람이 강하고 추운 날이라야…"라고 나는 앵무새처럼 신부의 말을 되풀이하면서도 그가 태연하게 한 그 말이 내 마음에 깊숙이 파고드는 것을 느꼈다. …

한 시간쯤 지나 내가 신부에게 하직인사를 하고 산장에 돌아와 보니 조그마한 소포가 배달되어 있었다. 오래전에 주문한 릴케의 시집 『레퀴엠』과 다른 책 2, 3권이 들어 있었다. 상자 여기저기에 꼬리표가 붙어 있는 것으로 보아 여러 곳을 돌아다니다 이제 겨우 내게 배달되었음을 알 수 있었다.

밤이 되었다. 나는 완전히 잘 준비를 한 후에 난로 옆에서 가끔씩 바람소리에 귀를 기울이면서 릴케의 『레퀴엠』을 읽어 내려갔다.

12월 17일

오늘 또 눈이 내렸다. 아침부터 쉬지 않고 내리고 있다. 눈앞의 계곡은 다시 한 번 은빛나라로 되돌아갔다. 이러면서 겨울은 서서히 깊어 가겠지. 오늘도 나는 하루 종일 난로 옆을 지키면서 가끔 생각이라도 난 듯이 창가로 다가가서는 정신 잃은 사람처럼 눈 내리는 계곡을 바라보다가, 다시 난로 옆으로 돌아와서 릴케의 『레퀴엠』을 읽곤 했다. 세쓰코를 조용히 떠나보내지 못하고, 아직까지 그녀를 찾아 헤매는 나의 유약한 마음에 어떤 회한에 가까운 감정을 느끼면서….

우리에게는 죽은 자들이 있다.
우리는 그들이 우리 곁을 떠나도록 내버려 두었지만,
듣던 것과는 달리 그들이 죽음과도 금방 화해를 하고,
그토록 마음 편안히 너무나도 유쾌하게 지낸다는 사실에
놀랄 뿐이다.
다만 그대는 그렇지 않았다.

그대만은 이곳으로 돌아왔다.
그대는 내 몸을 스치고,
근처를 방황하면서 무엇인가와 부딪쳤다.
그리고 그 소리로 그대가 그곳에 있다는 것을 알리려 했다.
아아, 내가 공들여 배운 것들을 나에게서 뺏아 가지 말아 다오
나는 틀리지 않았다. 그대가 틀린 것이다.
이곳의 사물에 당신이 향수를 느낀다면 그대가 틀린 것이다.
우리가 이곳의 사물을 눈앞에서 보더라도
그것은 이곳에 있는 사물이 아니다.
우리가 그것을 인식함과 동시에 그 사물을 우리의 존재로부터 이곳에 투영하고 있는 것이다.[2]

12월 18일

이제 겨우 눈이 그쳤다. 나는 기다렸다는 듯이 아직 가보지 못한 산장 뒤의 숲 속으로 계속 걸어 들어갔다. 가끔씩 어딘가 보이지 않는 나뭇가지에서 소리를 내며 제멋대로 떨어지는 눈발을 머리 위로 받으며 나는 흥에 겨워 숲에서 숲으로 헤매며 다녔다. 물론 나보다 먼저 누군가 그곳을 걸

---

2) 라이너 마리아 릴케 「레퀴엠」의 첫 부분. —역자주

어간 흔적은 어디에도 없었다. 단지 여기저기 토끼가 그 일대를 돌아다닌 자국이 나 있을 뿐이었다. 그리고 어쩌다 꿩이 가로지른 발자국 같은 것이 길 한가운데 일직선을 그리고 있었다.

그러나 아무리 앞을 향해 나아가도 숲은 끝이 보이지 않았다. 게다가 눈구름 같은 것이 숲 위를 덮기 시작해서 나는 더 이상 깊이 들어가려는 마음을 고쳐먹고 그만 돌아가기로 하였다. 그러나 나는 길을 잘못 들어선 것 같았다. 언제부터인지는 몰라도 나 자신의 발자국도 잃어버리고 만 것이었다. 나는 갑자기 마음이 불안해졌다. 불안한 마음을 뒤로하고 눈을 헤치면서 산장이 있음직한 방향을 어림잡아 숲을 가로질렀다. 그러던 중 언제부터인지 나는 등 뒤로 다른 사람의 발자국 소리를 확실하게 들은 것 같았다. 그 발자국 소리는 주의해서 듣지 않으면 모르고 지나칠 정도로 작은 소리였다….

나는 결코 뒤돌아보지 않았다. 그리고 계속 걸어서 숲을 빠져 나갔다. 나는 가슴이 죄어드는 듯한 느낌을 받으며 어제 읽은 릴케의 『레퀴엠』의 마지막 몇 구절을 중얼거리기 시작했다.

돌아올 생각은 하지 마라.
네가 만일 견딜 수만 있다면, 죽은 이들 사이에 그대로 머물라.
죽은 이들에게도 할 일은 많을 터.
하지만 나를 도와는 다오
너의 마음이 산란해지지 않는다면
어쩌다 멀리 있는 사람이 나를 도와주듯 ― 내 안에서.

12월 24일

밤이다. 마을 처녀 집에 초대받아 조용한 크리스마스를 보냈다. 이곳은 겨울에는 사람이 잘 찾지 않는 산간마을이지만 여름이면 수많은 서양인들로 북적이는 곳이다 보니 마을 사람들도 그들로부터 새로운 즐거움을 배운 것 같았다.

9시쯤에 나는 눈빛의 도움을 받아 계곡을 혼자서 돌아보았다. 마침내 마지막 숲을 지나갈 무렵 나는 길 저쪽으로 눈을 한껏 맞아 마치 한 덩어리를 이룬 것 같은 숲 위에 작은 불빛이 희미하게 외로이 비치고 있는 것을 보았다. 이런 곳에 대체 무슨 불빛일까 하는 생각에 별장들이 여기저기 흩어져 있는 계곡 일대를 둘러보니, 그 불빛은 바로 계곡 위쪽에 있는 내 산장에서 비치고 있다는 사실을 알게 되었다.

'내가 저 높은 계곡 위에서 혼자 살고 있다는 말이지.'

그런 생각에 잠기며 계곡을 천천히 오르기 시작했다. "나는 지금까지 내 산장에서 나오는 불빛이 이렇게 숲 속 낮은 곳까지 다다른다는 것을 미처 생각지도 못했군. 저것 좀 봐…"라고 나는 나 자신에게 말하고 있었다. "저것 좀 봐. 여기저기 계곡 전체를 덮을 것처럼 눈 위에 점점이 작은 불빛이 흩어져 있는 것은 모두 내 산장에서 빛이 새어나오기 때문이야…."

드디어 산장에 도착한 나는 베란다에 서서 이곳에서 새어 나가는 불빛이 계곡 어디까지를 비추는지 확인해 보고 싶었다. 그러나 아래를 내려다보니 그 불빛은 겨우 산장 주위를 비추고 있을 뿐이었다. 그리고 그 약한 불빛도 산장에서 떠나자마자 점점 희미해지면서 계곡의 눈빛 속에 파묻히는 것이었다.

"이상하군. 아래쪽에서 보았을 때는 그렇게 밝던 불빛이 여기서 내려다보면 겨우 이 정도란 말인가?" 나는 실망한 듯이 혼잣말을 하고 있었다. 그래도 계속 그 불빛을 보고 있으려니 문득 다음과 같은 생각이 떠올랐다.

'─생각해 보면 이 불빛의 상태는 내 인생을 너무 닮은 것 같군. 나는 내 인생의 주위를 비추는 빛이 겨우 이 정도밖에 되지 않는다고 생각하고 있지만, 사실은 이 작은 산장의 불빛과 마찬가지로 내가 생각하는 것보다 훨씬 멀리 비추는 불빛일 수도 있어. 그리고 그 불빛이 나의 의식과는 관계없이 이렇게 나라는 인간을 살아가게 하는 힘인지도 모르지.'

나는 나를 찾아온 뜻밖의 생각에 잠겨 아주 오랫동안 추운 베란다에서 눈빛을 맞으며 서 있었다.

12월 30일

오늘 밤은 정말 조용하다. 나는 오늘도 다음과 같은 생각을 떠올리며 그 생각에 나 자신을 온전히 맡기고 있었다.

'나는 다른 사람과 비교해서 특별히 행복하지도 않고, 또한 특별히 불행하지도 않다. 행복이니 불행이니, 이전에는 우리를 그리도 좌지우지하던 말을 이제는 잊으려고 마음만 먹으면 당장이라도 잊을 수가 있지. 어떻게 보면 지금의 내가 훨씬 더 행복에 가깝다고 할 수 있지 않을까? 어쨌든 요즘의 내 마음은 행복에 가까운 것 같지만,—글쎄 그것보다는 조금 슬픈 상태일지도 모르지. 그렇다고 전혀 유쾌하지 않다는 것도 아닌 것 같고…. 내가 요즘 모든 것을 잊고 아무렇지도 않은 듯 살아갈 수 있는 것도, 되도록이면 이 세상과의 인연을 멀리하고 혼자 있기 때문인지는 모르지만, 나

같이 마음 약한 녀석이 그렇게 할 수 있는 것은 세쓰코 네 덕분이라고 생각해. 그런데도 세쓰코, 나는 지금까지 단 한 번도 내가 이렇게 혼자 살고 있다는 것이 너를 위한 것이라고 생각해 본 일이 없어. 그것은 결국 나 자신을 위해 내 마음대로 사는 삶이라는 생각밖에는 할 수 없어. 어쩌면 역시 세쓰코 너를 위해 이 삶을 선택했지만, 그것은 자신을 위한 선택이라고 생각할 정도로 나 자신 너무나도 고귀한 너의 사랑에 완전히 동화되어 버린 것일까? 너는 그렇게도 내게 아무 바람도 없이 나를 사랑한 것일까?…'

계속 그런 생각에 잠겨 있던 나는 문득 무슨 생각이라도 난 사람처럼 일어선 뒤, 방 밖으로 나갔다. 그리고 오늘 밤도 베란다에 서 보았다. 이 산장이 있는 계곡과 등을 지고 있는 것처럼 보이는 저편 숲 쪽에서 나는 바람소리가 마치 아주 머나먼 곳에서 이제 막 이곳에 다다른 듯 들려왔다. 나는 그렇게도 머나먼 곳에서 전해 오는 바람소리를 일부러 듣기 위해 방에서 나온 사람처럼 귀를 기울이며 언제까지고 베란다에 서 있었다. 내 눈앞에 펼쳐져 있는 계곡의 모든 곳은 처음에는 단지 희미한 눈빛을 받아 하나의 모습으로 보였다. 하지만 내 눈이 점점 눈빛에 익숙해진 것일까? 아니면 나도 모르는 사이에 자신의 기억 속에서 그 모습들을 되찾아 낸 것일까? 어느새 하나하나 선과 형태를 조금씩 갖추어 가고 있었다. 그 모든 것이 나에게 정다움으로 다가왔다. 사람들이 이곳을 '행복의 계곡'이라고 불렀다던가?—그래, 나도 이곳에서의 삶에 나 자신을 온전히 맡긴다면 그렇게 부르게 될지도 모르지. …계곡 저쪽에서는 저렇게 강한 바람이 불어 대고 있는데도, 이곳은 너무 조용하다. 가끔 내가 있는 뒤쪽에서 무슨 작은 소리가 나는 것 같지만, 필경 그 소리는 잎이 모두 떨어진 나뭇가지가 머나먼 곳에서 이제 막 이곳에 도착한 바람을 맞아 서로 부딪치는 소리임에 틀림없어. 어쩌면 내 발밑에서 낙엽이 낙엽 위를 뒹구는 듯한 가느다란 소리를 내는 것은 그 바람이 마지막으로 이곳을 지나간다는 신호일지도 모를 일이다….

나는 열다섯 살, 그리고 너는 열세 살 때였다.
나는 너의 오빠들과 흰 토끼풀 꽃이 가득 피어 있는 들판에서 야구 연습을 하고 있었다. 너는 꼬마 남동생을 데리고 멀리서 우리의 연습 풍경을 바라보고 있었다. 그리고 주변의 흰 꽃을 꺾어 화관을 만들고 있었지. 공이 하늘 높이 떠오른다. 나는 죽자고 달려간다. 공이 내 글러브를 스친다. 발이 미끄러진다. 나는 공중에서 한 바퀴 돌고선 들판에서 논 아래로 굴러 떨어진다. 나는 물에 빠진 생쥐 꼴이 된다.
친구들이 나를 근처 농가의 우물가로 데려간다. 나는 그곳에서 알몸이 된다. 누군가 너의 이름을 부른다. 너는 양손으로 꽃목걸이를 소중히 받쳐 들고 이쪽으로 달려온다. 알몸이 된다는 사실이 얼마나 우리를 바꾸어 버리는 것인가! 지금까지 꼬마 아이로밖에는 보이지 않던 네가 갑자기 성숙한 여인이 되어 내 눈앞에 나타난다. 몸에 실오라기 하나 걸치지 않은 나는 어쩔 줄을 모르며 글러브로 간신히 나의 그곳을 가린다.

부끄러움을 감추지 못하는 나와 너를 그곳에 남겨 두고 모두는 다시 야구 연습을 하러 그곳을 떠나 버린다. 그리고 네가 진흙투성이가 되어 버린 나의 바지를 빨고 있는 동안 나는 부끄러움을 감추려고 일부러 피에로 시늉을 내면서, 너 대신 들고 있던 화관을 모자인 양 머리에 얹어 본다. 그리고 마치 고대의 조각상처럼 그곳에 꼿꼿이 버티고 서 있다. 벌겋게 달아오른 얼굴을 하고….

***

여름방학이 찾아왔다.

지난 봄에 새로 기숙사에 들어온 학생들은 왕벌의 무리처럼 붕붕 소리를 내며 그곳을 떠나갔다. 그들은 각자 자신의 들장미를 찾아 떠난 것이다….

 하지만 나는 무엇을 해야 하나? 나에게는 고향이 없다. 내가 태어난 곳은 도회지 한복판이기 때문이다. 그리고 외아들인데다 겁쟁이였다. 부모 곁을 떠나 혼자 여행을 한다는 것은 상상도 못할 일이었다. 그러나 올해는 사정이 달랐다. 상급학교에 진학한 나에게는 여름방학 숙제가 있었던 것이다. 숙제란 시골에 가서 나만의 소녀를 찾아내는 것이었다.

 시골에 나 혼자 가는 것이 불가능했던 나는 도시 한가운데서 기적이 일어나기를 기다리고 있었다. 기적은 일어났다. C현에 있는 해변에서 여름을 보내고 있던 너의 오빠로부터 생각지도 못한 초대 편지를 받은 것이다.

 아아! 그리운 나의 옛 동무여! 나는 우리의 추억 속을 헤매 다니고 있다. 나보다 조금 나이가 위였던 너의 두 오빠의 모습이 눈앞에 떠오른다. 그들은 하얀색 운동복을 입고 있었지. 나는 거의 매일같이 그들과 야구 연습을 하고 있었다. 그러던 어느 날, 나는 논 아래로 굴러 떨어졌다. 화관을 손에 들고 있던 네 옆에서 오빠들은 나를 알몸으로 만들어 버렸다. 내 얼굴은 달아올랐다. …훗날 오빠들은 둘 다 다른 지방의 고등학교에 입학했다. 이럭저럭 3, 4년의 세월이

흘렀다. 그 이후로는 그들과 같이 놀 기회도 사라졌다. 그동안 나는 도시의 거리에서 너를 만난 적이 있다. 두 사람 모두 아무 말 못하고 얼굴을 붉히고는 인사만 주고받았을 뿐이다. 너는 여학교 교복을 입고 있었다. 내 옆을 지날 때 너의 구두가 내는 소리를 나는 들었다.…

나는 부모에게 그 해변에 보내 달라고 애원했다. 그리고 결국 일주일간의 허락을 받아 내었다. 나는 수영복과 야구 글러브 등으로 가득 채운 가방을 들고 가슴을 두근거리며 출발했다.

그곳은 T라는 이름을 가진 아주 작은 마을이었다. 너와 오빠들은 어느 농가의 별채를 빌려 기거하고 있었다. 그곳은 아담하면서도 각종의 꽃으로 주위를 장식하고 있었다. 내가 그곳에 도착했을 때는 모두가 해변에 나가고 없었다. 너의 어머니와 내가 잘 모르는 너의 언니만이 집에 남아 있었다.

나는 해변으로 가는 길을 물어본 후, 바로 맨발로 소나무 숲 안에 나 있는 작은 길을 달려갔다. 햇빛을 받아 달구어진 모래사장에서 마치 빵을 굽는 듯한 좋은 냄새가 났다.

햇살이 충만한 해변은 눈이 부셔 아무것도 보이지 않을

지경이었다. 그리고 그 충만한 햇살 안으로는 요정이 되지 않으면 들어갈 수 없을 것만 같았다. 나는 마치 눈 먼 사람처럼 손으로 공기를 더듬으며 그 안으로 조금씩 발을 떼어 놓았다.

꼬마 아이들이 열심히 모래를 덮어 파묻고 있는 반나체 소녀의 모습이 간신히 내 눈에 보였다. 너일지도 모른다는 생각에 나는 가까이 다가갔다. … 그러자 커다란 비치 모자 아래로 처음 보는 검고 작은 얼굴이 홀긋 나를 바라보았다. 그리고 다시 원래대로 작은 얼굴 위로 비치 모자를 깊게 눌러쓰는 것이었다. …나는 그 자리에 멈추어 섰다.

나는 파도에 밀려드는 모래의 감촉을 느끼면서 바다를 향해 아무렇게나 소리를 질러 보았다. "헬로!"라고 그러자 바다 한가운데서 내 목소리에 대답하는 소리가 들렸다. "헬로! 헬로!"

나는 급히 옷을 벗었다. 그리고 수영복 차림으로 눈을 감고는 목소리 쪽을 향해 뛰어들 자세를 취했다. 그때 바로 발아래에서도 "헬로!"라는 소리가 들렸다. ─나는 뒤를 돌아보았다. 조금 전의 그 소녀가 모래 속에서 반쯤 몸을 내밀고는 방긋 웃는 모습이 이번에는 똑똑히 보였다.

"어, 누군가 했더니."

"정말 눈치 못 챘어요?"

수영복이란 그런 것인가? 수영복 차림이 되자마자 나는 한 사람의 요정이 되는 것이다. 몸이 가벼워진 나는 지금까지 못 보던 것까지도 순식간에 볼 수가 있었다. …

도시에서는 어렵게 느껴지던 사랑의 방법도, 지극히 간단하다는 사실을 알게 해 주는 시골의 생활이 그곳에 있었다. 한 소녀의 관심을 끌기 위해서는 그녀 가족의 스타일을 이해할 필요가 있다. 그리고 그것은 너의 가족과 같이 지낼 수 있었던 나에게는 쉬운 일이었다. 네가 가장 좋아하는 젊은이가 바로 너의 오빠들이라는 사실을 나는 금방 알아차렸다. 그들은 스포츠를 매우 좋아했다. 내가 가능한 한 스포츠를 가까이 하려고 한 것은 그 때문이다. 그리고 그들은 너에게 다정다감했지만 때로는 짓궂었다. 나도 오빠들처럼 너를 우리의 모든 놀이에서 밀어냈다.

네가 꼬마 남동생을 데리고 해변에서 놀고 있을 때, 나는 너의 관심을 끌어 보려고 너의 오빠들과 바닷물 한가운데서 헤엄치고 있었다.

바다 한가운데서 헤엄치고 있으면 물이 너무 깨끗해서

우리의 그림자가 물고기와 같이 바다 속에 비쳤다. 어쩌다 우리의 그림자와 닮은 구름이 하늘에 떠 있을 때면 우리가 하늘에 떠 있다는 착각마저 들 정도였다. …

우리들이 머물던 집은 동전의 앞뒷면과 같이 여러 종류의 축사와 등을 맞대고 있었다. 가축들은 이따금 짝짓기를 하곤 했다. 그럴 때면 그 비명소리가 우리들이 있는 곳까지 들려왔다. 뒷문을 열고 나가면 언제나 암수 한 쌍의 소가 풀을 뜯고 있는 작은 목장이 있었다. 저녁이 되면 그 소 부부는 어디론가 사라져 버린다. 그곳에서 우리는 언제나 캐치볼을 했다. 그럴 때면 너는 어느 때는 언니와, 또 어느 때는 남동생과 같이 그곳까지 놀러 나왔다. 언제나 그랬던 것처럼 멀리 떨어진 곳에서 꽃을 꺾기도 하고 얼마 전에 배운 찬송가를 부르기도 하면서. ―어쩌다 네가 먼저 집으로 들어가면 언니가 작은 목소리로 그다음을 부르곤 했다. 아직 여덟 살이 채 안 된 남동생은 언제나 네 옆을 떠나지 않았다. 그 애는 우리와 같이 놀기에는 너무 어렸다. 그 어린 남동생에게 매일 한 번 입맞춤을 해주는 것이 너의 또 다른 일과였다. "오늘은 아직 한 번도 안 했지?"라고 말하며 너는 남동생을 끌어안으며 내 앞에서 태연히 입맞춤을 하였다.

나는 계속해서 투수의 모션을 취하면서 그 모습을 곁눈질하고 있었다.

  그 목장 너머로는 보리밭이었다. 보리밭 사이로 작은 개울이 흐르고 있었다. 우리는 곧잘 그곳으로 낚시를 하러 갔다. 바구니를 든 너는 낚싯대를 어깨에 걸친 남동생을 데리고 우리 뒤를 따라왔다. 내가 지렁이를 겁내는 바람에 오빠들이 대신 낚싯바늘에 끼워 주었다. 그러나 물고기들은 언제나 낚싯바늘에서 그것을 낚아채 가버린다. 그러자 나중에는 오빠들이 귀찮아하며 너에게 지렁이 일을 맡겨 버린다. 너는 나처럼 지렁이를 겁내진 않았었지. 너는 지렁이를 내 낚싯바늘에 끼우기 위해 내 몸 쪽으로 몸을 숙인다. 너는 빨간 체리 모양의 장식이 달린 밀짚모자를 쓰고 있다. 부드러운 모자챙이 내 볼을 살짝 어루만진다. 나는 네가 모르게 깊은 숨을 한 번 들이쉰다. 그러나 너의 몸에서는 아무런 냄새도 나지 않았다. 단지 밀짚모자가 강렬한 태양 빛을 받아서 내는 냄새가 조금 날 뿐이었다. 나는 이것뿐인가 하는 생각에 너에게 속은 듯한 느낌이 들었다.

  아직 개발이 덜 된 탓인지, T마을의 피서객은 우리뿐인 것 같았다. 우리는 그 작은 마을에서 꽤나 인기가 있었다.

해변에 있다 보면 어느새 우리 주위로 마을 사람들이 몰려들 정도였다. 그리고 착한 마을 사람들은 나를 너의 오빠로 생각하는 듯했다. 그 사실이 나를 더욱 기쁘게 했다.

그뿐만이 아니었다. 우리 어머니처럼 너의 어머니도 아이들이 귀찮아하지 않는 사랑의 방법을 알고 있었다. 너의 어머니는 나를 마치 자기 자식인 양 격의 없이 대해 주었다. 나는 그녀의 마음에 흡족한 소년이라고 확신할 수 있었다.

약속한 일주일이 이미 지나가 버렸다. 하지만 나는 도시로 돌아갈 생각이 없었다.

아아, 내가 너의 오빠들처럼 너에게 짓궂은 사람이기만 했다면, 그런 실패를 맛보지는 않았을 텐데! 나는 문득 딴 마음을 먹었다. 단 한 번이라도 좋았다. 너와 단둘이 있고 싶었던 것이다.

"테니스 할 줄 아세요?" 어느 날 네가 물었다.

"조금은 하지…."

"그래요? 나라면 수준이 맞을까? …한 번 해보지 않을래요?"

"하지만 라켓이 없잖아? 또 어디서 할 거야?"

"초등학교에 가서 부탁하면 돼요."

너와 단둘이 있을 수 있기 위해 그보다 좋은 기회가 또 오리라고는 상상할 수 없었기에 나는 그 기회를 놓치기 싫었다. 그리고 곧 탄로 나버릴 거짓말을 한 것이다. 나는 그때까지 한 번도 테니스 라켓을 손에 쥐어 본 적이 없었다. 그러나 여자 아이가 상대라면 별 문제 없을 것이라 생각했다. 너의 오빠들이 언제나 테니스쯤이야 하고 경멸하고 있었기 때문이었다. 그러나 오빠들도 우리를 따라 초등학교에 갔다. 그들은 포환던지기를 하러 간 것이다.

초등학교 화단에서는 협죽도 꽃이 한창이었다. 오빠들은 나무 그늘에서 포환던지기를 시작했다. 너와 나는 그곳에서 조금 떨어진 곳에 백묵으로 선을 긋고 네트를 친 다음, 라켓을 들고 진지한 얼굴로 서로를 마주 보았다. 게임을 해보니, 네 공이 상상 외로 강했기 때문에 내가 받아치는 공은 거의 네트에 걸리고 말았다. 대여섯 번 공이 오간 뒤 너는 화난 얼굴로 라켓을 땅에 내려놓았다.

"이제 그만해요."

"왜 그러지?" 나는 조금 겁이 났다.

"너무 봐주면서 게임하는 것 같아요. …그러면 내가 재미없죠."

그렇다면 나의 거짓말이 탄로 난 것은 아니었다. 그러나 너의 그러한 오해가 한층 더 나를 힘들게 했다. 그러한 오만한 사람이 되기보다는 거짓말쟁이가 되는 편이 오히려 낫다는 생각이 들었기 때문이다.

나는 뾰루퉁한 채 아무 말도 하지 않고 땀을 닦고 있었다. 아까부터 협죽도의 주홍빛 꽃이 눈에 거슬려 불쾌하기 그지없다.

요 며칠 동안 너는 헐렁한 회색빛 수영복을 입고 있다. 너는 그 수영복을 싫어했다. 지금까지 네가 입고 있던 수영복 가슴 부분에 무슨 일인지 하트형의 구멍이 나버려서, 너는 하는 수 없이 바다 속으로 그다지 들어가지 않은 언니의 수영복을 빌려 입은 것이다. 이 마을에서 수영복을 새로 구입한다는 것은 불가능했다. 수 킬로미터 떨어진 기차역이 있는 곳까지 가지 않으면 안 되었다. ― 그러던 어느 날이었다. 나는 테니스 게임의 실패를 만회하려는 생각에 그 심부름을 하겠다고 나섰다.

"자전거를 빌릴 만한 곳이 없을까?"

"이발소에서 빌려 줄지도 모르죠…."

나는 커다란 비치 모자를 쓰고 이발소 주인이 빌려 준

헌 자전거 위에 올라타고는 뙤약볕 길을 나섰다.

기차역이 있는 소도시에서 나는 양품점 몇 군데를 둘러보았다. 소녀용 수영복을 산다는 일이 얼마나 내 가슴을 두근거리게 했던가! 나는 너에게 꼭 어울릴 것 같은 수영복을 발견한 후에도 단지 나 자신의 만족감을 위해 계속해서 오랫동안 고르는 척하고 있었다. 그리고 우체국에 들러 어머니에게 전보를 쳤다. '프렌치 봉봉 초콜릿 빨리 보내 주기 바람'이라고 적었다.

마침내 나는 땀에 흠뻑 젖은 채, 마치 결승점에 다가갈 때의 선수처럼 있는 힘을 다하여 페달을 밟아 마을로 돌아왔다.

그리고 2, 3일이 지났다. 어느 날 우리는 해변에서 몸을 뒹굴며 차례로 서로를 모래사장 속에 묻으며 놀고 있었다. 내가 묻힐 차례가 되었다. 나는 온몸을 모래 속에 묻은 채 얼굴만 내밀고 있었다. 네가 그 놀이의 마무리를 했다. 나는 네가 하는 대로 내버려 두고 눈을 돌렸다. 그러자 저쪽 멀리 보이는 커다란 소나무 그늘 아래서 아까부터 이쪽을 보고는 웃으며 이야기를 나누는 부인 두 사람의 모습이 보였다. 수영복을 입고 있는 한 사람은 너의 어머니임에 틀림없다. 다른 한 사람은 이 마을에서 지금까지 한 번도 본적이 없는 부인이었는데 검은색 파라솔을 쓰고 있었다.

"어머, 오빠 어머님이세요." 너는 수영복에 묻은 모래를 털어 내며 일어섰다.

"그래…." 나는 관심 없다는 투로 대답했다. 그 사실을 알고 모두가 일어섰지만, 나는 혼자서 모래 속에 파묻힌 채로 일어날 생각을 하지 않았다. 나는 가슴이 뛰었다. 내가 어머니에게 한 거짓말이 들통 난 것 같았기 때문이다. 그 때문에 모래 밖으로 내민 내 얼굴 표정이 우스꽝스럽게 변해 가는 것을 느낄 수 있었다. 나는 그런 얼굴을 모래 속에 파묻고 싶었다. 내가 이곳에서 어머니 앞으로 쓴 편지는 모두 슬픈 내용만을 적어 보냈기 때문이다…. 그런 편지가 오히려 어머니의 마음을 흡족하게 할 것 같았다. 어머니는 내가 어머니로부터 멀리 떨어져 있는 까닭에 그토록 슬픔에 젖어 있다고 생각하고, 감동하여 나를 데리러 온 것이 아닐까?… 그런데 나는 어머니에게 그 존재를 알리지 않은 한 소녀 때문에 지금 여기서 이토록 행복에 파묻혀 있는 것이다!

잠깐, 아닐지도 모르지. 조금 전의 네 태도를 보면 너는 이미 우리 어머니를 알고 있는 것 아닌가! 그럴 리는 없을 텐데…라는 생각에 나는 모래 속에 묻힌 채 모두의 모습을 몰래 훔쳐보았다. 아무래도 우리 어머니와 너의 가족은 이전부터 아는 사이 같아 보인다. 나는 그 자초지종을 알 길이 없는데! …그렇다면 속이려고 한 내가 오히려 어머니에게 속고 있었다는 것인가? 나는 불쑥 모래를 헤치고 일어선다. 이번에는 반대로 내가 어머니의 거짓을 폭로할 차례야…. 그리고 나는 맨 꽁무니에서 다른 사람들을 따라가며 넌지시 너를 떠보기로 했다. "우리 어머니를 어떻게 알고 있지?" "왜 몰라요? 어머님께서는 운동회가 열리면 언제나 오셨잖아요. 그때마다 우리 어머니와 나란히 앉아 계셨는걸요." 나는 그런 사실을 전혀 모르고 있었다. 왜냐하면 나는 초등학생 시절부터 어머니가 다른 사람 앞에서 내게 말을 건네는 것이 너무 부끄러워서 언제나 어머니 등 뒤에 숨어 있었기 때문이다….

―그리고 이번에도 마찬가지였다. 우물가에서 모두가 몸을 씻고 나서도 나는 좀체 그곳을 떠나려 하지 않았다. 나는 오로지 어머니가 나를 안 보는 곳에 있고 싶었다. …우물가에 앉아 보니 나의 키만큼이나 자란 달리아 때문에 별채에서는 이쪽을 조금도 볼 수가 없었다. 그렇지만 그쪽의 이야기 소리는 또렷이 들려왔다. 내가 보낸 봉봉 초콜릿 운

운의 전보 내용을 이야기하고들 있었다. 모두들 큰 소리로 웃고 있었다. 너도 같이 웃었다. 나는 부끄러움을 떨쳐 버리려고 귀에 꽂아 두었던 담배를 피우기 시작했다. 나는 몇 번이나 연기 때문에 기침을 해야만 했다. 그 기침이 나의 부끄러움을 없애 주었다.

누군가 이쪽으로 오는 발자국 소리가 들렸다. 바로 너였다.

"여기서 뭐 하세요? …어머님, 집으로 가신대요 빨리 오세요"

"담배 한 대 피우고 가려고…."

"어이가 없네요!" 너는 나와 눈을 마주친 후 살짝 웃었다. 그 순간 우리는 왠지 별채 쪽이 갑자기 조용해진 것을 느꼈다.

애써 봉봉 초콜릿이며 이것저것을 가져 온 당신과 말조차 하지 않으려는 아들을 인력거 위에서 몇 번이고 뒤돌아보면서 어머니는 집으로 돌아가셨다. 그것은 마치 내가 자신의 진짜 아들인지를 확인하려는 모습 같았다. 그러한 어머니의 모습이 완전히 사라진 후에야 아들인 나는 겨우 들릴까 말까한 목소리로, "어머니, 정말 미안해요"라고 혼잣말을 했다.

바다는 날이 갈수록 거칠어졌다. 매일 아침 해변으로 밀려오는 표류물의 양이 부쩍 늘기 시작했다. 우리는 바다에 들어가자 금방 해파리에게 물렸다. 그런 날이면 헤엄치는 대신에 해변에 널려 있는 여러 가지 예쁜 조개껍질을 주우러 꽤나 멀리까지 갔다. 그렇게 주운 조개껍질이 수북이 쌓였다.

마을을 떠나기 하루 전, 내가 캐치볼로 더러워진 손을 씻으러 우물가로 가려 했을 때였다. 그때 너는 어머니로부터 꾸지람을 듣고 있었다. 나와 관련이 있어 보였다. 그것을 엿듣기에는 다소 용기가 필요했다. 심약한 나로서는 침울한 마음으로 그곳을 빠져나올 수밖에 없었다. ― 나는 한참 후에 혼자서 몰래 우물가에 가 보았다. 나는 우물가 한구석에 내 수영복이 둘둘 말린 채로 버려져 있는 것을 보았다. 나는 가슴이 섬뜩해졌다. 내가 수영복을 그곳에 벗어 두면 너는 오빠들 것과 같이 그것을 헹궈서 말려 주는 것이 보통이었다. 너의 어머니는 그 일로 너에게 꾸지람을 하신 것 같았다. 나는 소리 나지 않게 주의하면서 수영복의 물기를 짜낸 후에 빨랫줄에 널었다.

다음 날 아침, 나는 아직 모래가 묻어 있어 껄끄러운 수영복을 아무렇지도 않게 입고 다녔다. 하지만 너는 내가 보기에 조금 우울한 표정이었다.

드디어 여름방학이 끝났다.

나는 너의 가족과 함께 출발했다. 기차 안에는 까맣게 탄 얼굴로 피서지에서 돌아오는 소녀들이 많았다. 너는 그 소녀 한 사람 한 사람과 자신의 피부색을 비교했다. 그리고 누구보다도 본인이 가장 까맣다는 사실에 우쭐해했다. 나는 약간 실망하지 않을 수 없었다. 그러나 네가 조금 비스듬하게 쓰고 있는 붉은 체리 모양의 장식이 달린 밀짚모자는 너의 검고 천진난만한 얼굴에 너무 잘 어울렸다. 나는 더 이상 까만 피부색에 슬픔을 느끼지 않아도 좋았다. 만일 누군가가 기차 안의 내 얼굴에서 슬픔을 읽어 냈다면, 그것은 아직 마무리 짓지 못한 숙제 때문이었을 것이다. 그때, 나는 너의 어머니와 오빠들이 다음 역에 정차하면 샌드위치라도 살 것인지를 의논하는 소리를 들었다. 나는 꽤나 신경이 곤두서 있었다. 그리고 나만이 소외되지나 않을까 걱정이 앞섰다. 기차가 다음 역에 멈추자 나는 제일 먼저 플랫폼에 뛰어내려 샌드위치를 많이 사서 돌아왔다. 그리고 그것을 모두에게 나누어 주었다.

***

가을 학기가 시작되었다. 너의 오빠들은 다른 지방에 있는 학교로 돌아가고, 나는 기숙사로 돌아왔다.

나는 일요일마다 집에 갔다. 그리고 어머니를 만났다. 그 무렵 나와 어머니의 관계는 조금씩 비극적 색채를 띠기 시작했다. 서로 사랑하는 사람들이 그 사랑의 균형을 끝까지 지키기 위해서는 서로가 같이 성장해 갈 필요가 있다. 하지만 어머니와 아들 사이에서 그것은 쉽지 않은 일이다.

기숙사에서 나는 어머니 생각을 거의 하지 않았다. 나는 어머니가 언제까지나 내가 알고 있는 그 옛날의 어머니라는 사실을 의심치 않았다. 그러나 어머니는 나 때문에 항상 불안해했다. 내가 기숙사에 머무는 일주일 동안 몰라보게 성장하여 전혀 다른 청년이 되어 버리는 것은 아닐까 하는 걱정이 있었기 때문이다. 내가 기숙사에서 집으로 돌아가면 어머니는 내게서 옛날 그대로의 소년의 모습을 발견할 때까지 안심하지 못하였다. 어머니는 결국 내게 소년의 모습을 인공배양하기 시작한 것이다.

만일 내가 그런 모습이 어울리지 않는 나이가 되어서까지 같은 모습을 지닌 채 불행한 인생을 보내야 한다면, 어머니, 그것은 어머니 책임입니다. …

어느 일요일이었다. 기숙사에서 집에 돌아와 보니 어머니는 여느 때의 둥글게 쪽진 머리 대신에 한 가닥으로 묶는 신식 머리 모양을 하고 있었다. 나에게는 그것이 몹시 낯설었다. 나는 어머니의 눈치를 살피며 말했다.

"어머니께 그 머리 모양은 전혀 어울리지 않네요…."

그 이후, 나는 어머니가 머리를 묶은 모습을 한 번도 본 적이 없다.

한편 나는 기숙사에서 매일같이 어른이 되기 위한 연습에 열중했다. 나는 어머니 말을 듣지 않고 머리를 기르기 시작했다. 그렇게 하면 내 안의 유아성이 사라지기라도 한다고 생각했던 것이리라. 그리고 어머니를 억지로 잊어버리기 위해서 좋아하지도 않는 담배 연기 때문에 고통스러워해야 했다. 가끔 나의 룸메이트들 앞으로 여자 필적으로 익명의 편지가 배달되곤 했다. 그때마다 모두가 그들의 주위를 에워쌌다. 그들은 차례차례로 얼굴을 붉히며 반쯤은 거짓말을 섞어 가면서 그 익명의 소녀 이야기를 하였다. 나도 그러한 친구들 틈에 끼고 싶어서 매일 혼자 속을 태우며 어쩌면 네가 익명으로 내게 보낼지도 모르는 편지, 절대 올리 없는 편지를 기다렸다.

그러던 어느 날이었다. 교실에서 기숙사로 돌아와 보니 내 책상 위에 여성 취향의 작은 봉투가 놓여 있었다. 심장의 박동을 느끼며 그 편지를 보니 그것은 너의 언니가 보낸 것이었다. 얼마 전, 나는 편지를 받을 목적으로 여학교를 졸업하고도 영어 공부를 계속하고 있던 너의 언니에게 양서를 두세 권 보냈는데 지금 그 답례편지가 온 것이다. 그러나 성실한 너의 언니는 누가 보아도 알 수 있게 자신의 이름을 봉투에 써 보냈다. 그 사실 때문에 아무도 그 편지에 흥미를 느끼지 않았다. 친구들은 그 편지에 대해 가벼운 농담만 던지고는 무시해 버렸다.

그 이후로도 나는 그런 편지라도 받고 싶은 일념에서, 가끔 너의 언니에게 여러 종류의 책을 보냈다. 그때마다 너의 언니는 빠짐없이 답장을 보내왔다. 아아, 그 편지봉투에 그렇게 반듯하게 이름이 적혀 있지 않았다면 얼마나 좋았을까! …

익명의 편지는 끝내 나에게는 오지 않았다.

어느새 1년이 지나 다시 여름이 되었다.

나는 너의 가족의 초대를 받고 다시 T마을을 찾았다. 작년의 모습을 그대로 간직한 아름답고 아담한 마을을 볼 수 있었다. 마을의 어느 구석에서나 넘쳐나는 우리의 지난 추억과 다시 만날 수도 있었다. 그러나 나는 많이 변해 있었고, 그런 나를 대하는 너의 가족들 태도 또한 작년처럼 담백하지는 않았다.

특히 내가 놀란 것은 1년 사이에 너의 모습이 완전히 변한 점이었다. 얼굴의 분위기가 몰라볼 정도로 우수에 차 있었다. 작년처럼 나에게 격의 없이 말을 걸어오는 일도 없었다. 예전에 너를 그렇게도 천진무구하게 보이게 했던 붉은 체리 모양의 장식이 달린 밀짚모자는 보이지 않았고, 머리를 포도송이 모양으로 땋아 내려 완연한 처녀의 모습이었다. 회색빛 수영복을 입고 해변으로 나오는 일은 있어도, 작년처럼 놀이에 끼어 주지 않는다고 불평하는 일은 없어졌다. 꼬마 남동생의 놀이 상대가 되어 주는 것이 전부였다. 나는 왠지 네가 나에게서 등을 돌린 것 같은 느낌을 지울 수가 없었다.

일요일마다 너는 언니와 같이 마을에 있는 작은 교회에 가곤 했다. 그러고 보니 너는 어쩐지 언니를 닮아 가는 것 같은 생각이 들었다. 너의 언니는 나와 나이가 같았다. 언니는 언제나 머리를 감은 직후에나 맡을 수 있는, 조금은 불

쾌감을 주는 냄새를 풍겼다. 그렇지만 누가 보아도 심성이 착하고 다소곳한 분위기를 가지고 있었다. 그리고 하루 종일 영어 공부를 하고 있었다.

그때까지의 오빠들로부터의 영향이 너의 나이에 걸맞게 갑자기 언니의 영향 쪽으로 바뀐 것일까? 그렇다 하더라도 네가 모든 일에서 나를 피하려는 듯이 보이는 것은 무슨 연유에서일까? 나로서는 알 수 없는 일이다. 어쩌면 언니가 나를 남몰래 마음에 두고 있다는 사실을 안 네가 스스로 희생하려는 생각을 한 것일까? 그런 데까지 생각이 미치자 나는 불현듯 언니와 두세 번 주고받은 편지 생각에 얼굴을 붉혔다. …

너희 자매가 교회 앞에 있는 동안 마을 청년들이 천박한 말투로 야유를 하며 지나간다는 이야기를 들었다. 너희 자매는 그들을 혐오했다.

어느 일요일이었다. 너희 자매가 찬송가 연습을 하고 있는 동안, 나는 너의 오빠들과 함께 교회의 구석 쪽 그늘에 숨어서 담배를 손가락에 끼워 들고, 마을의 불량배가 오기를 기다렸다. 그들은 우리가 숨어 있는 줄도 모르고 언제나 그랬듯이 흰 이를 드러내면서 너희 자매를 놀려 먹기 위해 다가왔다. 오빠들이 재빨리 창문을 열고 무서운 형상으로 그들에게 고함을 질렀다. 나도 오빠들을 따라했다. … 급작스러운 공격에 그들은 당황하여 허둥지둥하면서 줄행랑을 쳤다.

나는 마치 혼자서 그들을 해치운 것 마냥 의기양양했다. 나는 상이라도 받으려는 사람처럼 네가 있는 쪽으로 고개를 돌렸다. 그때, 혈색이 좋지 않은데다 야윈 듯한 청년 한 명이 너와 어깨를 나란히 하고 서 있는 모습이 내 눈에 들어왔다. 그는 겁먹은 표정으로 우리가 있는 쪽을 보고 있었다. 이유를 알 수 없는 불안감이 나를 엄습해 왔다.

서로 소개하고 인사를 나누었다. 나는 짐짓 냉담한 표정을 짓고, 고개를 약간 숙였을 뿐이었다.

그는 마을에 있는 기모노 상점의 아들이었다. 그는 병 때문에 중학교를 중퇴하고 이런 시골에서 강의록으로 독학을 하고 있었다. 나는 그보다 한참 나이가 어렸지만, 그는 내가 다니는 학교에 대해 알고 싶어 했다.

그 청년이 너의 오빠들보다 나에게 호감을 가지고 있다는 사실을 곧 알게 되었으나, 나는 좀처럼 그에게 친근감을 느낄 수 없었다. 만일 그가 나의 경쟁 상대가 아니었더라면 나는 그를 완전히 무시했을 것이다. 하지만 네가 그 청년을 마음에 들어 한다는 것을 누구보다 먼저 알아차린 사람이 바로 나였다.

그 청년의 출현이 무슨 묘약처럼 나에게 젊음을 되돌려 놓았다. 그즈음 어딘지 쓸쓸한 표정만 짓고 있던 나는 다시 예전처럼 쾌활한 소년으로 돌아가, 너의 오빠들과 헤엄을 치기도 하고 캐치볼을 하기도 했다. 그런 행동이 고통을 잊게 하는 수단이라는 것을 물론 나는 잘 알고 있었던 것이다. 올해로 아홉 살이 된 너의 남동생도 이제 우리와 함께 다니기 시작했다. 그리고 우리가 하는 것처럼 너를 따돌리려 했다. 너는 우리와 떨어져 커다란 소나무 밑에 홀로 있어야 했다. 하지만 언제나 그 청년이 함께했다.

나는 그 커다란 소나무 아래에 마치 '폴과 비르지니'[1]처럼 두 사람을 남긴 채 그들보다 먼저 마을을 떠났다.

떠나기 2, 3일 전에는 나는 혼자서 필요 이상으로 쾌활하게 움직였다. 내가 사라지면, 남은 그들이 얼마나 적막한 시간을 보내야 하는가에 대해 알려 주고 싶다는 바보 같은 생각에서였다. …그 때문에 나는 완전히 녹초가 되어 몰래 눈

---

1) 프랑스의 작가 베르나르댕 드 생피에르(Bernardin de Saint-Pierre)가 1788년에 발표한 『자연의 연구』 제4권에 수록된 소설 주인공. 폴과 비르지니의 슬픈 사랑 이야기가 아름다운 자연 묘사와 함께 그려진 소설이다.—역자주

물까지 흘리며 그곳을 출발했다.

가을이 되자 그 청년이 돌연 긴 편지를 보내왔다. 그 편지를 읽어 내려가던 나는 시무룩해지고 말았다. 편지 끝 부분에, 네가 그곳을 떠나던 날, 인력거 위에서 자신을 바라보며 금방이라도 울 것 같은 표정을 지었다는 내용이, 마치 전원소설의 에필로그처럼 쓰여 있었기 때문이었다. 그러나 나는 그 소설의 감상적 주인공들을 혼자서 부러워했다. 대체 무엇 때문에 그 청년은 나에게 너에 대한 사랑을 고백한 것일까? 어쩌면 그것은 나에 대한 도전장이 아니었을까? 만일 그것이 사실이라면, 그 편지는 효과 만점이었다.

그 편지는 나에게 마지막 펀치를 날린 셈이었다. 나는 괴로웠다. 그러나 그 고뇌가 동시에 견딜 수 없는 매력으로 다가온 것을 보면 나는 아직 어렸던 것이다. 나는 기꺼이 너를 포기하기로 마음먹었다.

나는 그 무렵 마치 배고픈 사람이 음식을 먹을 때처럼 허겁지겁 탐욕스럽게 시와 소설을 읽어 나갔다. 나는 모든 스포츠를 멀리했다. 나는 완전히 멜랑콜리한 소년으로 변신해 있었다. 어머니도 마침내 그런 나를 걱정하기 시작했다. 어머니는 내 마음을 넌지시 알아보려 한다. 그리고 내 마음 안에 있는 어느 소녀의 그림자를 발견한다. 하지만 어머니가 그곳까지 오는 데는 언제나 너무 많은 시간이 걸린다. 이미 늦은 것이다!

어느 날, 나는 내가 입학하기로 되어 있는 의학부를 포기하고 문학부에 지원하겠다고 어머니에게 호소했다. 어머니는 내 말에 그만 어안이 벙벙하여 말을 잇지 못하였다.

마치 그해 가을의 마지막 날이라는 느낌이 드는 어느 날의 일이었다. 나는 친구와 함께 학교 뒤쪽으로 난 좁은 비탈길을 오르고 있었다. 그때 나는 비탈 위에서 가을 햇빛을 받으며 여학생 두 명이 나란히 걸어 내려오는 모습을 보았다. 우리는 마치 공기처럼 서로를 스쳐 지나갔다. 그중 한 명이 너라는 생각이 들었다. 문득 평범하게 땋아 내린 그 소녀의 머리가 나의 눈에 들어왔다. 가을 햇살을 받은 그 머리에서 아득한 냄새가 풍겼다. 그 냄새가 나를 밀짚모자의 추억으로 데려갔다. 나는 아주 크게 숨을 내쉬었다.

"무슨 일이야?"

"아무것도 아니야. 예전에 좀 알던 사람인가 했는데… 역시 아니었어."

***

다음 해 여름방학이 되자 나는 얼마 전부터 알고 지내던 유명한 시인을 따라 어느 고원을 향해 출발했다.

여름철마다 그 고원에 모여드는 피서객은 서양인이 아니면 상류사회 인사들뿐이었다. 호텔 테라스에서는 언제나 외국인들이 영자신문을 읽거나 체스를 두고 있었다. 낙엽송 사이를 거닐고 있으면, 어느 때는 갑자기 등 뒤에서 말발굽 소리가 들리곤 했다. 테니스코트 근처에서 매일같이 사람들이 북적대는 모습이 흡사 야외 무도회를 연상케 했다. 바로 뒤편에 있는 교회에서는 피아노 소리가 끊이지 않았다. …

매해 여름을 그 고원에서 지내는 시인은 그곳에 있는 소녀들과도 알고 지내는 사이 같았다. 나는 시인에게 고개를 숙이고 지나가는 한 소녀가 언젠가는 나의 연인이 될 것이라는 혼자만의 꿈에 젖었다. 그리고 그 꿈을 이루려면 나도 하루빨리 유명한 시인이 되어야 한다는 생각을 하곤 했다.

그러던 어느 날이었다. 나는 평소처럼 시인과 함께 그곳의 메인 스트리트를 걷고 있었다. 그때, 우리 앞쪽에서 대여섯 명 정도의 소녀가 큰 소리로 이야기를 나누며 우리 쪽으로 걸어왔다. 그들 중 어떤 아이는 라켓을 손에 들고, 또 어떤 아이는 자전거를 양손으로 밀고 있었다. 소녀들은 잠시 걸음을 멈추고 우리에게 길을 비켜 주었다. 그중 몇 명은 시인에게 고개 숙여 인사했다. 시인은 그녀들과 선 채로 이야기를 주고받았다. …나는 그때 무의식중에 몇 발자국 떨어진 곳까지 걸어갔다. 그리고 그곳에 멈추어 선 채, 금방이라도 시인이 나를 불러 그 소녀에게 소개시켜 주지 않을까 하는 기대에 가슴이 두근거렸다. 물론 겉으로는 아무렇지도 않은 듯 닭고기 가게에서 기르는 칠면조를 바라보고 있었다. …

그러나 소녀들은 내가 있는 쪽은 쳐다보지도 않고, 다시 큰 소리로 떠들면서 시인과 헤어졌다. 나도 되도록이면 그 쪽을 보지 않으려 했다.

나는 다시 시인과 나란히 걸으며 방금 만난 소녀들의 이름을 차례로 물어보았다. 겉으로는 건성인 양했지만, 속으로는 열심이었다. 줄곧 낯설었던 야생화가 이름을 알고 나면 갑자기 친숙하게 느껴지는 것처럼, 소녀들도 내가 그들의 이름을 알기만 한다면 그들 스스로가 나에게 다가올 것이라는 상상에 젖어 있었다.

그렇게 3주 정도 그곳에 머문 뒤, 나는 혼자 고원을 떠났다.

내가 집으로 돌아오자, 그제야 어머니는 자신의 진짜 아들을 만난 사람처럼 행복한 표정을 지었다. 내가 옛날처럼 씩씩한 소년이 되어 돌아왔기 때문이었다. 그러나 내가 씩씩해진 것은, 고원에서 만난 소녀들을 매혹시키기 위해서, 오직 그 이유 때문에, 빨리 시인이 되어야겠다는 어린애 같은 야심에 불타고 있었기 때문이었다. 어머니는 그러한 나의 야심을 알 리 없었고, 단지 내 안에 다시 부활한 소년에게 사랑을 쏟기에 여념이 없었다.

고원에서 집으로 돌아온 지 얼마 안 되어, 나는 T마을에서 너의 오빠들이 보낸 한 통의 전보를 받았다. — '프렌치 봉봉 초콜릿.'

나는 이번에는 아무런 기대도 품지 않았다. 단지 마음이 약한 탓에 너의 오빠들의 초대를 거절하지 못하고, 세 번째로 T마을을 방문하게 되었다. 내 일생에서 마지막으로 보게 될지도 모르는, 소년시절의 추억으로 가득한 그 마을의 바다와 작은 강줄기, 목장, 보리밭, 오래된 교회, 이런 것들을 잠깐이라도 좋으니 꼭 한 번 보고 싶다는 생각도 있었다. 그리고 뭐니 뭐니 해도 그동안 만나지 못한 너의 모습을 보고 싶었기 때문이었다.

　내가 이때까지 그렇게도 아름답게, 마치 커다란 조개껍질처럼 생각했던 해변 마을이 지금의 내 눈에는 너무도 초라하고 좁아 빠진 곳으로밖에는 보이지 않았던가! …예전에는 그렇게도 천진무구했던 나의 연인도, 지금은 한 사람의 낯설고 고집 센 소녀로밖에는 비치지 않았다. 작년보다 훨씬 나빠진 얼굴색에 야윈 모습의 경쟁자를 보았을 때, 나는 그가 왠지 가엾다는 생각마저 들었다. 나는 점점 그를 멀리하게 되었다. 그는 때때로 슬픈 눈초리로 나를 바라보았다. …나는 무언가 말을 하고 싶어 하는, 하지만 작년과는 전혀 다른 그 눈빛 속의 고통을 알아차렸다. 그러나 나 자신 그곳에서의 나날이 소년시절의 마지막 시간이라고 생각해서인지, 지극히 쾌활하게 너의 오빠들과 놀이에 탐닉할 수 있었다.

　그 기모노 상점의 아들은 올해 새로 지은 작은 별장에서 혼자 지내고 있었다. 그는 여름에 너희 가족을 맞이하기 위해 그 별장을 지은 것 같았다. 그러나 그의 병이 그것을 허락하지 않았다. 너희는 작년과 같이 농가의 별채에서 여자들만 모여서 지내고 있었다. 너의 오빠들과 나만이 하룻밤을 지내기 위해 그 청년의 집을 찾았다.

어느 날 아침이었다. 나는 화장실에 있었다. 작은 창문을 통해 우물가의 풍경이 그대로 눈에 들어왔다. 누군가가 얼굴을 씻으러 그곳에 왔다. 내가 무심코 그 창문을 통해 보고 있으려니 청년이 창백한 얼굴로 이를 닦고 있었다. 그의 입가에는 피가 조금 배어 나와 있었다. 그는 그 사실을 모르는 듯하였다. 나도 그 피가 잇몸에서 나온 것인 줄로만 알았다. 갑자기 그는 기침을 하면서 몸을 웅크렸다. 그리고 우물가의 수로에 핏덩이를 쏟아 내고 있었다. …

그날 오후 나는 누구에게도 그 사실을 알리지 않고 T마을을 떠났다.

에필로그

지진! 그것은 사랑의 질서마저 뒤흔들어 놓는 것인가.

나는 모자도 쓰지 않고 조리[2]를 신은 채 기숙사를 뛰쳐나와 집으로 달렸다. 집은 이미 불타고 있었다. 부모님의 행방조차 알 길이 없었다. 어쩌면 친척 집으로 몸을 피했는지도 모른다는 생각에 나는 피난 행렬에 섞여서 교외에 자리한 Y마을로 향했다. 나는 어느새 맨발로 걷고 있었다.

나는 그 피난민 행렬 안에서 예상치도 못한 너의 가족을 만났다. 우리는 흥분을 감추지 못하고 어깨를 힘껏 두들기며 서로를 격려하였다. 너희 가족은 이미 많이 지쳐 있었다. 나는 그곳에서 멀지 않은 Y마을까지만 갈 수 있으면 하룻밤 정도는 어떻게 될 것이라 말하고, 너희 가족을 억지로 동행하게 하였다.

Y마을의 들판 한가운데에 커다란 천막이 펼쳐져 있었다. 그리고 장작불이 타오르고 있었다. 밤이 깊어지자 피난민들에게 음식을 나누어 주었다. 그때까지도 나의 부모님은 그곳에 나타나지 않았다. 그러나 나는 에너지로 충만한

---

2) 샌들 같이 생긴 일본 고유의 신. —역자주

주위의 광경에 압도되어 마치 너의 가족과 캠핑이라도 하는 사람처럼 혼자 마음이 들떠 있었다.

나는 너의 가족과 함께 천막 한구석에 누웠다. 안이 너무 좁아 서로의 몸이 포개어질 정도였다. 몸을 뒤척이기라도 하면 내 머리는 어김없이 누군가의 머리와 부딪쳤다. 결국 우리는 잠을 이루지 못하였다. 이따금씩 꽤 강한 여진이 주위를 흔들었다. 한편에서는 누군가가 갑자기 웃음소리 같은 소리를 내며 울고 있었다.…… 그러던 중 잠깐 잠이 들었었는지, 문득 눈을 떠 보니 누구의 것인지는 모르지만 잠자다 헝클어진 여자의 머리카락이 나의 뺨을 스쳤다. 비몽사몽 간에 은은한 향기가 코를 자극했다. 그 향기는 내 코앞에 있는 머리카락이 아니라, 내 기억 속에서 은은히 풍겨져 나오는 것 같았다. 그것은 머리카락의 향기가 아니라 너 자신의 향기이다. 태양의 향기이다. 밀짚모자의 향기이다. 나는 자는 척하며 그 머리카락 위에 뺨을 묻었다. 너는 움직이지 않았다. 너 또한 자는 시늉을 한 것인가?

다음 날 이른 아침에 나는 아버지의 도착을 알리는 소리에 잠에서 깨어났다. 어머니는 아버지를 놓쳐 버린 것 같았다. 누구도 어머니의 행방을 알 길이 없었다. 우리 집 근처에 있는 강둑으로 피한 사람들은 모두 강물로 뛰어

들었으니 어쩌면 어머니는 강물에 빠져 버린 것인지도 모른다.

아버지에게 그런 비극적인 이야기를 들으면서 나는 그제야 완전히 잠에서 깨어 언제부터인지 남몰래 눈물을 흘리는 자신을 발견하였다. 그러나 그 눈물은 어머니를 잃은 슬픔 때문에 흘린 것이 아니었다. 어머니를 잃은 슬픔은 나의 그러한 갑작스런 눈물에 비하면 너무나도 큰 감정이 아닌가! 나는 단지 잠에서 깨어 지난밤 일을 기억해 낸 것이다. 내가 더 이상 사랑하지 않는다고 생각한 너, 더 이상 나를 사랑하지 않을 것이라고 생각한 너와 나는, 그 알 수 없는 애무를 기억해 내고 그 때문에 눈물을 흘린 것이다.

그날 정오 무렵, 너의 가족은 짐마차를 한 대 빌린 뒤에 온 가족이 마치 가축과도 같이 그 위에 올라타고 삐걱대는 소리를 내면서 어딘지 나도 모르는 시골을 향해 출발했다.

나는 너의 가족을 배웅하기 위해 마을 경계 부근까지 갔다. 마차가 지나가자 뿌연 먼지가 일었다. 그 먼지가 눈에 들어갈 것 같아 나는 눈을 감은 채로 '아아, 네가 나를 향해서 돌아보는지 가르쳐 주는 사람이 없을까?'라고 마음속으로 되뇌고 있었다. 그러나 내가 직접 그 사실을 확인한다는 것은 왠지 무서운 느낌이 들었다. 나는 먼지가 사라진 후에도 오랫동안 그곳에 서서 눈을 감고 있었다.

| 작가 연보 | 호리 다쓰오(堀辰雄)

1904년 12월 28일 도쿄(東京)에서 출생.

1917년 4월 도쿄부립제삼중학교(東京府立第三中學) 입학.

중학교 시절에는 문학보다 수학을 좋아하다.

1921년 4월 제일고등학교(第一高等學校) 입학. 이때부터 문학에 눈을 돌려 투르게네프, 하우프트만, 슈니츨러의 작품을 읽기 시작하다. 그 후 점차로 프랑스 상징파 시인과 쇼펜하우어 및 니체의 철학서를 탐독하다.

8월에는 지바현(千葉縣) 기미쓰군(君津郡) 다케오카촌(竹岡村)에 체재하던 친구 가족과 함께 여름을 보내다. 이때의 경험이 작품 「밀짚모자」의 소재가 된다.

1923년 시인 하기와라 사쿠타로(萩原朔太郎)의 작품을 탐독하기 시작하다.

5월에는 시인 무로우 사이세이(室生犀星)를 방문하다. 이때부터 시(詩)를 습작하기 시작하다.

9월 간토대지진으로 인해 어머니를 잃다. 겨울에는 결핵의 징후를 보여 휴학하다.

1925년   도쿄제국대학(東京帝國大學) 국문과 입학.

1926년   콕토, 아폴리네르, 라디게의 작품 번역을 시도하다.

동인지 『로바(驢馬)』 창간.

1927년   「루벤스의 위화(僞畵)」 집필.

늑막염 때문에 사경을 헤매다.

1929년   도쿄제국대학 졸업.

「서툰 천사(天使)」 발표.

번역 시집 『콕토抄』 간행.

1930년   「성가족(聖家族)」 발표.

프루스트의 『읽어버린 시간을 찾아서』를 탐독하다.

본격적으로 소설 집필을 시작하다.

1932년   「밀짚모자」 집필.

「프루스트 잡언(雜言)」 등 발표.

1934년   릴케의 문학을 가까이하다.

1935년   릴케에 관한 많은 평론을 발표하다.

「바람 불다」의 주인공 야노 아야코(矢野綾子)가 사망하다.

1936년　「바람 불다」의 집필을 시작하다.

1937년　왕조문학(王朝文學)을 중심으로 하는 일본의 고전문학(古典文學)에 침잠하다.

1938년　「바람 불다」 완결.

4월 가토 다에코(加藤多惠子)와 결혼하다.

1941년　「나오코(菜穗子)」, 「광야(曠野)」 등 집필.

1943년　부인과 더불어 나라(奈良) 및 교토(京都)에 체류하다. 그 경험을 토대로 한 「야마토지(大和路)·시나노지(信濃路)」를 집필하다.

1944년　3월 수차례에 걸친 각혈로 절대안정의 생활이 시작되다.

1946년　「두이노의 비가(悲歌)」를 비롯한 릴케론을 집필하다.

1950년　병세가 악화되어 독서 이외의 활동이 불가능해지다.

1953년　후배 시인의 시집인 『노무라 히데오(野村英夫) 시집』의 발문을 집필하다. 이것이 마지막 문장이 되다.

5월 28일 폐결핵으로 작고하다.

| 옮긴이의 말 |

 이곳에 번역한 「바람 불다」와 「밀짚모자」의 작자 호리 다쓰오(堀辰雄)는 1904년 도쿄에서 태어나 1953년 50세의 나이로 이 세상을 떠났다. 물론 요절이라고는 할 수 없지만 비교적 짧았던 생애의 후반기를 그는 결핵 환자로 지내야만 했다. 그러나 요양원과 자택에서 그에게 주어진 절대안정의 생활은 정적으로 인생을 관조하려는 정신적 경향을 조금도 어지럽히지 않았다. 호리 다쓰오의 작품 속에서 인생과 세계는 소란함을 멈추고 투명한 정적의 시간을 회복한다. 그리고 그것은 심상적 미화의 결과가 아니라 사물의 본질에 다다르려는 작가정신의 소산이다.

 그러한 호리 다쓰오의 내향적 성격은 시가 나오야(志賀直哉)와 같이 현실과 대치하는 자아의 발견을 통해 문학의 언어를 실현하기보다는 독서 행위의 내면화를 통해서 언어의 가능성을 발견하였다. 호리 다쓰오는 끊임없는 문학적 영향 속에서 자신을 형성한 작가이다. 영향이란 그에게 행위였던 것이다.

그는 문학적 인생의 전반기에는 주로 서양 문학의 영향 하에 있었다. 장 콕토(Jean Cocteau), 레몽 라디게(Raymond Radiguet), 마르셀 프루스트(Marcel Proust), 프랑수아 모리아크(François Mauriac), 그리고 마지막으로 결정적 영향을 준 문학가는 라이너 마리아 릴케였다. 그러한 작가·시인의 영향 속에서 호리 다쓰오는 자신을 발견하였으나 아포리아 또한 동시에 안지 않으면 안 되었다.

호리 다쓰오의 문학적 의지는 소설을 향했지만, 그는 근본적으로 자신이 시인임을 알고 있었다. 시적 발상 위에 어떻게 산문정신을 실현할 것인가. 그의 문학적 일생은 그러한 모순의 극복을 위한 시간이었다. 묘사라기보다는 무시간을 그 원리로 하는 시에 가까운 그의 소설 문체에서 산문정신을 발견하는 것이 호리 다쓰오 독자의 임무이다.

또 다른 아포리아는 호리 다쓰오가 일본 근대문학의 전통인 자연주의 및 사소설의 방법을 회의했다는 사실에 있다. 작품 공간 안에서 작자 자신의 모습을 완전히 지우고 순수한 허구만으로 인생 및 세계의 본질을 전체적으로 표현하는 유럽 로망(roman)의 형식 안에서 소설의 원리를 찾은 것이다. 로망만이 유일한 순수소설의 형식이었으며, 이후 호리 다쓰오는 이 이상에 집착하였다.

그러나 그는 사소설의 전통에서 완전히 자유로울 수 없었다. 호리 다쓰오의 소설 중 로망 지향적 작품과 사소설적 경향의 작품이 번갈아 나타나는 것을 우리는 볼 수 있다. 인생과 문학이 친화와 적대를 반복하면서 로망의 실현을 지향하는 과정을 우리는 그의 문학적 일생을 통해 엿볼 수 있다.

  이곳에 번역한 「바람 불다」와 「밀짚모자」는 사소설적 경향의 작품이다. 「바람 불다」는 호리 다쓰오의 약혼녀 야노 아야코(矢野綾子)의 죽음을 소재로 다루고 있다. 주인공은 약혼녀의 요양원에서 같이 지내며 그녀의 인생과 죽음을 체험한다. 그리고 그것의 내면화를 통해 인생 자체를 발견하기에 이른다. '인생은 운명을 초월한다'는 릴케적 명제를 자신의 정신 안에서 실현한 것이다. 인생을 현상적 요소로부터 해방시키고 그 자체로서의 인식을 가능하게 하는 힘이 죽음으로부터의 역사(逆射)로부터 나온다는 관찰법이 산문시를 연상시키는 정적(靜寂)의 문체로 표현되어 있다. 자연 또한 마찬가지이다. 주인공과 약혼녀의 인생과 죽음을 감싸고 있는 자연은 이 작품 속에서 일본의 어느 한 장소가 아니다. 그것은 일본의 풍경을 넘어서 자연의 이데아적 위상을 획득하고 있다.

「밀짚모자」는 성에 눈뜰 무렵의 소년이 겪는 영혼의 고양을, 간토대지진 때 목숨을 잃은 작자 자신의 어머니를 배경으로 그린 소품이다. 일종의 신비체험이 소년의 영혼을 미적 체험으로 전위(轉位)시키는 순간을 호리 다쓰오의 시적 문체가 포착하고 있다.

소설언어가 표현하는 지시적 명석성보다는 시적 환기성이 강한 호리 다쓰오의 번역은 어쩌면 무모한 행위일 수 있다. 번역은 어차피 필요악일 수밖에 없다는 생각이 번역을 끝낸 뒤의 솔직한 감상이다. 번역 텍스트는 『호리 다쓰오 전집(堀辰雄全集)』 제1권(1954, 新潮社)을 사용하였다.

2009년 2월

오경환

옮긴이 **오경환**

1954년 서울 출생.
1980년 한국외국어대학교 일본어과 졸업.
1987년 일본 고베대학 박사과정 수료.
현재 부산대학교 인문대학 일어일문학과 교수.
주요 논문으로는 나쓰메 소세키(夏目漱石)의 작품론 다수와
『일본비평사연구(日本批評史研究)』(I~IX) 외에 나카지마 아쓰시
(中島敦) 및 요시모토 다카아키(吉本隆明) 작품론 등이 있다.

한림신서 일본현대문학대표작선을 발간하면서

한림대학교 일본학연구소에서는 1995년에 광복 50년, 한일국교 정상화 30년을 기념하면서 일본학총서를 출간하기 시작했다. 그 성과에 대해서 한일 양국의 뜻있는 분들이 높이 평가해 주신 데 깊은 사의를 표한다.

본 연구소는 한국이 일본을 더욱 잘 알게 되고, 한일간의 문화교류가 활발해진다는 것이 한일 양국을 위하는 것일 뿐 아니라 21세기를 향한 동북아시아의 평화와 새로운 질서를 수립하는 데 크게 이바지한다고 생각한다. 그런 뜻에서 일본학총서도 발간해 왔던 것이다. 앞으로도 그 사업을 계속할 것이며 연륜을 더해감에 따라 큰 발자취를 남기게 될 것을 의심하지 않는다.

그런 확신을 가지고 지금까지 일본학총서 발간에 보내 주신 한일 양국 여러분의 성원에 보답하는 의미에서 여기에 새로이 한림신서 일본현대문학대표작선을 발간하기로 했다. 일본 문학은 이미 세계 문학사에서 확고한 자리를 차지하고 있다.

일본은 전통적으로 문학 속에 사상을 담아 왔기 때문에 일본 사회를 알기 위해서는 일본 문학을 알아야 한다고들 흔히 말한다. 그럼에도 불구하고 지금까지 상업성을 위주로 하는 일반적인 출판사업에서는 일본 문학의 전모를 알리기에는 어려운 사정이 많았던 것이 사실이다. 그러므로 본 연구소는 일본을 바로 이해하기 위하여, 한일간의 문화교류를 더욱 촉진하기 위하여 여기에 일본현대문학대표작선을 간행하기로 했다.

이러한 노력이 우리 문화발전에도 크게 이바지할 수 있기를 바라면서 일본에서도 한국 문화를 일본에 알리기 위한 노력이 일어나서 한일간에 새로운 세기를 좀더 밝게 전망할 수 있게 되기를 바란다.

여러분들의 계속적인 성원을 기대해 마지 않는다.

1997년 11월
한림대학교 일본학연구소